La danza de los salmones

Colección Autores Españoles
e Hispanoamericanos

Mercedes Salisachs
La danza de los salmones

Una fábula novelada

Planeta

COLECCIÓN AUTORES ESPAÑOLES
E HISPANOAMERICANOS
Dirección: Rafael Borràs Betriu
Consejo de Redacción: María Teresa Arbó, Marcel Plans, Carlos Pujol y Xavier
 Vilaró

Editorial Planeta, S. A., Córcega, 273-277, 08008 Barcelona (España)

Diseño colección y sobrecubierta de Hans Romberg (foto Zardoya y realización
de Jordi Royo)

Primera edición: octubre de 1985

Depósito legal: B. 31.252-1985

ISBN 84-320-5580-8

Printed in Spain - Impreso en España

Talleres Gráficos «Duplex, S. A.», Ciudad de la Asunción, 26-D,
 08030 Barcelona

1

PRIMERO FUE un vibrante movimiento del fondo: una especie de terremoto en miniatura que rasgó la lisura de la grava y abrió cráteres minúsculos en lo hondo del remanso.

Después salieron los alevines. Miles de alevines pardos, menudos y cabezones; la desorientación agitándolos inquietos, y el resuello, todavía desacompasado, obstaculizando su brote y obligándolos a tropezar unos contra otros.

E inmediatamente el asombro: costaba comprender la razón de tanta vida dispersa en aquel mundo de quietud melancólica.

Ningún pez se explicaba aquel extraño fenómeno. Tanta exuberancia confusa y tambaleante en medio de una charca serena, inmensa y dulzona.

Lo cierto era que nada se ajustaba a una sensación concreta. Lo único que se sabía con certeza era que "se vivía", que un fenómeno inexplicable había convertido las aguas de cabecera en una nube de esperanzas repletas de servidumbres.

El resto era ambiguo. Rumores, vaivenes, ramas enmarañadas en los bordes, clamores quejumbrosos esparcidos por el agua, transparencias movedizas que a veces se volvían opacas, imágenes, sensaciones, deseos, miedos y alegrías: todo se fundía a la conciencia de que se empezaba algo. Nadie sabía qué. Un algo tan efímero como sólido. Pero era imposible adivinar si todo aquello se producía porque se había sido excluido de la protección de la arena, o, por el contrario, porque la arena era algo muerto y ellos se habían enseñoreado de su moribundez.

Tardaron bastante en percatarse de la realidad.

* * *

6

Patricio fue uno de los primeros en asimilarla. De pronto supo que era un pez. Un pez todavía incompleto, pero ya dotado de todos los estigmas y las propiedades de los peces maduros; aquellos que de vez en cuando se acercaban a ellos para contemplarlos con cierta perplejidad.

Y al descubrirlo supo también que tenía derechos, voluntad, apetencias y curiosidad. Eso era lo que más le acuciaba: su curiosidad. Necesitaba saber qué significaba todo lo que le rodeaba: la tibieza del remanso, la dispersa e insolidaria actitud de sus hermanos los alevines, la torpeza de sus movimientos, las causas que los obligaban a mostrarse hostiles cuando entre ellos se producía algún roce.

Luego estaba la inmensa mole azul que podía atisbarse más allá del agua. ¿Qué significaba aquel gran vacío lleno de luz? ¿Por qué el agua tenía un límite? ¿Por qué no se podía nadar más allá? Todo era un misterio para Patricio: "¿Qué hacemos aquí? ¿Por qué hemos venido a un lugar como éste? ¿Qué se espera de nosotros?"

Nadie le respondía. Probablemente todos los alevines se estaban preguntando lo mismo que él.

De cualquier forma, estrenar la vida era algo hermoso. Nada importaba que todo fuera aún indefinido y confuso. Lo esencial era saberse alguien. Y respirar, tener un futuro, comprenderse engranaje de un peregrinar esperanzado.

Y también lo era contemplar aquellas piedras que se acumulaban en los recodos mientras abrazaban avaramente aquellas ramas profusas, que, a pesar de sus cabeceos, no conseguían desprenderse de la tierra.

* * *

Poco a poco la inquietud fue cediendo y el remanso pareció sosegarse al tiempo que los alevines nadaban con mayor método y simetría.

De improviso el paisaje adquirió nuevas dimensiones.

8

Todo se veía desde otro prisma, como si el orden reorganizara la vista y le concediera nuevas perspectivas.

De pronto el lugar donde se hallaban dejó de parecer un estanque. Era una especie de lecho inmenso cuyo fluir pacífico se alborotaba a medida que las aguas se acercaban al meandro. Patricio lo comprobó cuando ávido de descubrir novedades se dejó arrastrar por la corriente.

—No sigas adelante —le aconsejó Raro—. Aún no tienes edad para afrontar el río grande.

Y empujándolo con su cuerpo de esguín aventajado, logró situarlo de nuevo en el remanso.

Fue una experiencia desagradable; uno de esos recuerdos escalofriantes difíciles de olvidar.

Raro no tardó en hacerle comprender el peligro que había corrido:

—El río grande es demasiado tumultuoso para un alevín como tú.

Al parecer, el río estaba lleno de amenazas difusas que sólo los esguines y los bicales podían afrontar:

—Tiempo tendrás de averiguar lo que ocurre en el río.

Raro vivía allí porque ya tenía edad suficiente para sortear los obstáculos y defenderse de los peligros: la voracidad de los peces, los patos, los remolinos, las añagazas del hombre.

—¿Qué es el hombre?

Raro le explicó que se trataba de un ser muy dañino:

—Es más devastador que las inundaciones o la sequía. Incluso peor que los peces gigantes que más adelante vas a encontrar en el mar.

En cambio, allá, en el remanso, de lo único que Patricio debía guardarse era de los insectos.

—¿El mar? ¿Qué es el mar?

Raro no tardó en explicárselo:

—Es algo así como la bóveda celeste, pero con agua.

Un lugar inmenso —siguió explicándole Raro— lleno de paisajes exóticos, torrentes, acantilados, arrecifes y llanuras:

—Es nuestra patria prestada.

La que los salmones habían conseguido

10

encontrar cuando perdieron la suya allá en la época de los glaciares.

Y acabó diciéndole que gracias al mar los salmones apátridas podían seguir viviendo.

—Pero antes de hacerte a la mar deberás aprender muchas cosas.

De momento Patricio y sus hermanos debían conformarse con las aguas originarias y con aquel pedazo de cielo que, al declinar el día, encendía luminarias para clarear el fondo del río.

2

LOS DÍAS TRANSCURRÍAN tranquilos entre un invierno que empezaba ya a olvidarse de que lo era y una primavera tan inestable que parecía imitar al invierno.

Pero la aridez de los fríos no alteraba la placidez de los alevines. Todos sabían que mientras la bolsa de vitelo que llevaban en la vejiga germinal se hallara repleta, la escasez de alimentos no iba a suponer un problema.

Así que nadie se preocupaba por la forma de subsistir.

A veces llovía. Caía el agua desde la fracción seca taladrando un poco la superficie del río y dejando en él redondeles vagos que pronto se diluían en lisuras.

Pero nunca llovía lo suficiente para que

las crecidas fueran desmesuradas y el remanso se desbordara. ~*to overflow*

Otras, en cambio, el sol se volvía tierno y en el río todo parecía llenarse de luz. Entonces los alevines se perfilaban con nitidez y ya no se parecían tanto los unos a los otros.

Luego estaba la alegría; una estallante alegría inconsecuente, y la despreocupación y el dejarse vivir sin sentirse atados por los deberes que atenazaban a los esguines.

Por eso los alevines sólo se preocupaban de jugar.

De vez en cuando Raro los visitaba:

—Deberíais pensar más en vuestro futuro. La vida no será siempre plácida para vosotros.

Pero los alevines nunca se alteraban por lo que Raro les vaticinaba; se hallaban demasiado ocupados en organizar su infancia para estropearla con los vaticinios de Raro sobre el tumulto de las aguas vecinales, y sus historias truculentas sobre la dificultad de mantenerse con vida.

Lo importante era el presente; un presente en donde el miedo no tenía cabida. Y disfrutar de aquel paraíso de armonías

14

donde todo era sencillo y donde ningún pez se preocupaba del otro.

—Éste debe de ser el lugar más bello del mundo —decían.

Ni siquiera se acordaban de que muy pronto deberían abandonarlo.

* * *

En alguna ocasión, cuando la manada de alevines se acercaba a la orilla, unos seres gigantescos, que jamás se metían en el agua, lanzaban a los peces objetos extraños que no tardaban en hundirse.

—Probablemente quieren asustarnos.

Pero, aunque el grupo de alevines se esparcía en seguida, ninguno de ellos se asustaba de verdad. Y en cuanto el agua se estabilizaba, volvían al lugar donde el objeto había sido lanzado para jugar con él.

Entonces comenzaba la exaltación, el deseo de averiguar qué significaban aquellos objetos.

No había forma de identificarlos. Eran artilugios extraños, que en realidad parecían hechos para despertar la imaginación. ¡Tenían formas tan extrañas!

Como no sabían definirlos, los llamaban piedras. Pero la mayoría de ellas eran piedras blandas, o redondeles agujereados, o pequeñas cuevas con cordones colgantes.

En seguida venían los coletazos, los soplidos, los rastreos de la arena; la cuestión era barrer el artilugio recién lanzado hacia un lugar seguro.

—Los esguines podrían robarlo.

Porque en cuanto los esguines invadían las aguas de cabecera solían alterarlo todo. Por eso no gozaban de buena reputación entre los alevines.

* * *

Con frecuencia se encapotaba la bóveda azul. Entonces podía esperarse cualquier cosa. De pronto el cielo lanzaba pequeños copos blancos sobre la superficie. Eran motas brillantes como extraídas del vientre de un pez adulto y se parecían bastante a las escamas que les cubría la piel, pero en cuanto se estrellaban contra el agua, se

16

derretían. Y ya no quedaba más señal de copos que los que se posaban sobre la fracción seca o sobre aquellas criaturas gigantes que lanzaban objetos desde la orilla.

—Son alevines humanos —les aclaró Raro—. Seres todavía inofensivos.

Pero también les advirtió que no se fiaran demasiado de ellos:

—Cuando menos lo esperéis, habrán crecido.

A pesar de ser un esguín, Raro era bien aceptado por los alevines. Sus muchos conocimientos sobre el origen del salmón y el afán de endilgar a los peces inmaduros, lo incitaba a desgranar historias que todos escuchaban con entusiasmo y perplejidad.

Fue él quien los puso en la pista de sus antepasados:

—Éramos peces enormes que vivíamos en los glaciares.

Y así se habían conservado hasta que una catástrofe telúrica los había convertido en emigrantes forzosos.

—Tuvimos que recurrir al mar para no morirnos de hambre.

El mar era poderoso: allí no se carecía de

alimentos como ocurría en el río. Por eso, según Raro, los salmones inteligentes solían quedarse en las aguas salobres hasta alcanzar el tamaño requerido para no sucumbir en los traslados.

—Remontar el río demasiado pronto suele conducir a la muerte.

Lo malo era que casi ningún salmón obedecía las reglas impuestas por aquella catástrofe telúrica.

—La impaciencia puede más que la prudencia —les dijo—. De ahí viene la tragedia de los salmones.

En cuanto se desarrollaban, algo que no podía explicarse los acuciaba a regresar.

—No comprenden que la furia de las aguas es más fuerte que el deseo de vencerlas.

Y los instaba a que, al menos aquella generación, fuera sensata:

—Se os hablará de la danza, de la felicidad que produce, de la pujanza del amor. Pero no lo olvidéis: la danza del amor suele ser la danza de la muerte.

En suma: era como esperar la amanecida sin que nunca amaneciera, o como anhelar un sueño que sólo puede producir pesadillas.

—Dejaos de júbilos insensatos. La dicha se desvanece pronto. Lo importante es vivir.

Era extraño que un esguín todavía inmaduro les hablara de aquella forma. Incluso el amuje más ignorante sabía que, a pesar de su sabiduría y su pretendido enfatuamiento, Raro era todavía un pez exento de experiencia. Bastaba contemplar sus aletas (excesivamente grandes) y el color de su rostro, pálido como la luna, para tener la convicción de que probablemente Raro hablaba por hablar, y que por mucho que se jactara de ser un pez "enterado", todavía no estaba en condiciones de abandonar el río y hacerse a la mar.

Pero no le llevaban la contraria para no indisponerse con él.

En cierta ocasión le preguntaron cómo siendo él tan joven había aprendido tantas cosas.

Entonces Raro les habló de Trueno:

—El pez más grande del río —les dijo.

Al parecer, Trueno medía tanto como

cinco salmones adultos puestos en fila; el único salmón gigante que de tarde en tarde cruzaba los golpeaderos, sólo por el placer de dar saltos en el agua:

—Estuvo aquí cuando vosotros aún no habíais nacido.

Y les aclaró que para Trueno remontar el río era un simple juego de niños:

—Es como el salmón de nuestra leyenda.

Aquella clase de salmón, que, al decir de todos, había desaparecido cuando los glaciares se derritieron.

—Trueno nunca quiso dejarse dominar por la llamada del río. Por eso ha triunfado.

Triunfar. Los alevines no comprendían lo que Raro les decía:

—¿En qué consiste triunfar?

—En alcanzar el poder. En no dejarse vencer por nada ni por nadie.

Y en vivir: prolongar la vida hasta el infinito. Saberse dueño del tiempo; dominar a los otros peces, captar sus lenguajes. En suma: convertir la ética de las aguas en un instrumento de su prepotencia.

20

Eso había hecho Trueno.

—Algún día lo veréis. A menudo Trueno suele viajar contra la corriente del río.

Pero no lo hacía por nostalgia ni por el afán de aparearse. Según afirmaba Raro, los viajes de Trueno eran atípicos, puramente didácticos.

—Lo único que pretende al visitaros es aclarar vuestras mentes, dar una respuesta a vuestras dudas.

Y engrandecer los destinos. Desmitificar lo insignificante para dejar la verdad al desnudo. Eso era lo que, según Raro, Trueno se proponía hacer cada vez que se dignaba remontar el río.

* * *

En cierta ocasión, uno de aquellos alevines de hombre que circulaban por la orilla lanzó a las aguas de cabecera una piedra extraña que parecía agua sólida.

Debía de tratarse de un objeto mágico, porque en cuanto los peces se acercaron a él, la piedra se llenó de alevines.

Era curioso observar aquel enjambre de seres movedizos, retozando inquietos bajo sus propios vientres. Parecía como si cada uno de ellos hubiera desprendido de sí mismo una parte independiente de su propio ser.

Tardaron en comprender que aquel fenómeno no venía de la piedra sino de ellos mismos. Lo descubrieron cuando los peces que la piedra reproducía desaparecían al apartarse de ella.

—Es una piedra reflejo —exclamó Patricio.

Una piedra misteriosa que hasta entonces nunca hubieran podido imaginar. Algo que lo modificaba todo.

—Sorprendente.

Era como contemplarse a uno mismo convertido en dos:

—Hay que ocultar esa piedra. Es demasido valiosa para perderla.

Sabían que los esguines eran presumidos y que nada podía satisfacerlos más que apropiarse de aquel tesoro.

A medio camino de ser bicales, los esguines anhelaban con frecuencia recobrar los hábitos de su infancia. Por eso; por el mucho empeño que ponían en jugar con lo que los hombres lanzaban al río, era difícil engañarlos y ocultarles la presa.

Pero aquella vez ni siquiera Raro (que lo descubría todo) fue capaz de hallar aquel fragmento de agua sólida que tenía forma de piedra.

3

UN DÍA INESPERADO hubo una gran conmoción. Fue una alarma repentina que trastocó por completo la placidez del remanso:

—Debemos trasladarnos al río grande.

Las bolsas de vitelo se habían agotado y allí, en las aguas de cabecera, ya no se podía vivir.

—Hay que darse prisa.

Se lo comunicaban unos a otros, asustados, inquietos, como si un impacto sordo los hubiera fulminado a todos.

Pero no se atrevían a moverse de allí. Aunque ninguno ignoraba que si no se trasladaban pronto nadie iba a poder superar la metamorfosis, todos temían afrontar lo desconocido.

—Es preciso nadar hacia el meandro.

Y meterse en lo ignoto; alcanzar como fuera el grado cero de una vida extraña.

—No hay otra manera de sobrevivir.

Lo sabían. Era absurdo engañarse. Se acabó el dulce transitar por unas aguas sin oleajes ni corrientes exacerbadas. En adelante todo iba a cambiar. Pero ¿cómo decidirse a vencer los obstáculos que los esperaban?

—¿Qué va a ser de nosotros?

La confusión les impedía razonar. No era fácil llegar hasta el río grande, pero el hambre acuciaba y el vitelo estaba seco.

—Hay que intentarlo —exclamó Patricio.

Y armándose de valor comenzó a nadar decidido a favor de la corriente.

* * *

Fue un transitar penoso. Las aguas, a medida que la expedición se acercaba al río, fluían cada vez más impetuosas y el trasvase iba resultando menos sencillo de lo que al principio habían imaginado.

A pesar de todo, Patricio no se arredró. La nube de alevines que lo seguía le obligó a ello.

—Adelante —les gritó.

Y aunque su voz se perdía en el estridente murmullo del agua, continuó avanzando sin detenerse un instante.

De pronto todo fue nuevo para él: la temperatura, los sonidos, el sabor del líquido, la presión de la corriente, los coletazos imprevistos de los peces crecidos que poblaban el río:

—No podremos soportarlo.

Era difícil soportar tanto bamboleo, tanta novedad y tanto desatino. Tentado estuvo de retroceder, de recobrar el remanso y dejarse morir. Pero una vez más la oleada de alevines que lo seguía, le impidió retractarse.

Y continuó nadando, la mente nublada, el miedo agarrotando su espina.

En fin de cuentas alcanzar el río grande era lo que siempre habían esperado. Era preciso confiar. No les quedaba otra solución.

* * *

Sin embargo pronto se percataron de que en aquel lugar todo era desvalimiento y angustia. Una angustia sofocante que apenas los dejaba coletear.

Lo peor fueron las sacudidas, y aquel verse a merced de una furia implacable y demoledora.

—Procurad manteneros estables.

Incluso los fondos eran hostiles: exentos de grava, se hallaban plagados de piedras enormes que el impacto de la corriente desplazaba.

Luego había recovecos umbríos; recodos burbujeantes que modificaban el arrastre del agua y formaban corrientes contradictorias, difíciles de sortear.

—No podremos soportarlo —gritaron algunos.

Pero Patricio se hizo el desentendido. En realidad todos los recién llegados se comportaban de la misma forma. Era imposible atender quejas ajenas cuando costaba tanto asumir las propias. Lo esencial era superar la novedad; salir adelante del mejor modo posible.

Sin ayuda. Sin apoyos. Era preciso reconocerlo: desde que los alevines se habían introducido en el río grande ya no formaban un clan. Eran sólo pequeñas islas movedizas y vulnerables, bandeadas por la crueldad del agua.

* * *

La adaptación tardaba en llegar. Era difícil adaptarse en medio de aquel grumo de egoísmos. De nada valía aferrarse al recuerdo del remanso. En realidad aquellos recuerdos ya no tenían valor.

Lo comprendió cuando se dio cuenta de que ya no le importaban los tesoros abandonados, ni los juegos perdidos, ni las reacciones de los restantes alevines: "Es como si todos hubieran muerto", pensó.

Pero estaban allí, junto a él, agazapados, temblorosos, intentando en vano sacudirse el miedo.

Había que vencerlo. No quedaba otra solución. Eso era lo que él iba a hacer: entrar de lleno en el aprendizaje de la vida. Y acumular experiencias. Y afrontar como fuera las malditas adversidades que le salían al paso.

Después ya se vería la forma de vencer la soledad.

* * *

No obstante lo peor de todo seguía siendo el hambre. Aquella hambre atroz que hurgaba las entrañas e impedía razonar con sensatez: "Hay que buscar alimento." Todos los alevines decían lo mismo. Pero, amedrentados, lo único que hacían era replegarse en sí mismos y cobijarse en los matorrales que bordeaban el cauce.

Nadie se atrevía a salvar la distancia que los separaba de la superficie. Era demasiado expuesta, demasiado larga.

Además, tampoco la superficie era como la del remanso. Irregular y alabeada, apenas dejaba entrever la bóveda seca que tanto les había gustado contemplar desde las aguas de cabecera.

—Si nos quedamos aquí nunca podremos encontrar comida —exclamó Patricio.

Pero siguió agazapado porque le imponía mucho dejar su escondrijo y nadar hacia la piel del agua.

Y el hambre persistía. Podía sentirla a oleadas, como si le naciera en la cola y le llegara a las branquias en forma de flujos y reflujos.

—Debe de haber algún modo de sortear el peligro.

Sin embargo no se decidía. Si al menos el agua fluyese con suavidad. Pero allí nada era suave. Ni siquiera el agua era cristalina. Había demasiados légamos cegadores enturbiándola.

Además estaban cansados. El trasvase había sido muy duro y el agotamiento se estaba apoderando de ellos.

Fue un gran alivio ver llegar a Raro. Era como si a su lado ya nada pudiera temerse.

—Debes acercarte a la superficie aunque te parezca difícil. No te queda otra solución.

—No puedo —respondió Patricio—, la superficie está demasiado lejos.

Sin embargo sólo allí podían encontrarse los insectos que debían alimentarlos.

—Si no lo intentas, morirás.

Morir. Patricio no quería morir. La vida era demasiado atractiva para dejarla languidecer en el saco de la inercia:

—No te preocupes; yo te acompañaré.

Era extraño que un esguín se prestara a ayudarlo. Era como soñar una mentira.

Sin embargo Raro insistía:

—Olvídate del cansancio. Más vale morir de cansancio que de inanición.

Y empujándole por la barbilla consiguió que Patricio se desprendiera de los matorrales.

Fue un ascender violento, cegador: la sangre como detenida en el cuerpo; la espina envarada.

En efecto; allá en la superficie pululaban los insectos.

—Rápido, Patricio, no permitas que se escapen.

Era difícil cazarlos. Le faltaba destreza. Pero el hambre se imponía, y los insectos fueron muriendo uno tras otro hasta saciarlo.

No tardó mucho en verse acosado por los restantes alevines. Animados por su ejemplo, subieron en tropel para disputarle las presas.

Fue una lucha encarnizada. Algo inusual con lo que Patricio no había contado.

No eran ya hermanos intentando compartir una situación desesperada. Eran trezas rabiosas disputándose el derecho a la comida.

Enemigos dominados por el odio y la rivalidad.

—Apártate, Patricio, quieren matarte.

La cuestión era cazar la presa, pelear por ella. Incluso, si se terciaba, arrancarla violentamente de la boca de otro pez; saciar el hambre propia, la voracidad propia, dejarse llevar por la codicia a costa de cualquier felonía.

Y vivir. Sobre todo, vivir.

4

PERO PATRICIO no podía acostumbrarse a tanta violencia. De hecho era como si ningún alevín conociera al otro; como si nunca hubiesen jugado juntos, ni se hubieran confabulado para esconder bajo la grava los tesoros que el hombre lanzaba al remanso desde la fracción seca.

De vez en cuando se desahogaba con Raro:

—Antes no éramos así —se quejaba—. Antes ningún alevín se atrevía a atacar a sus hermanos.

—Ya no sois alevines, Patricio. Por eso habéis cambiado tanto.

Raro tenía razón. Poco a poco se habían ido convirtiendo en esguines: criaturas belicosas, fanfarronas y bastante inexpertas que en vano pretendían equipararse a los bicales preparados ya para trasladarse al mar.

—Pero yo no consigo adaptarme a tanto desatino.

Y se lamentaba de haber perdido el remanso con sus tesoros escondidos, sus juegos abandonados, la tibieza de un agua bien oxigenada y tranquila.

Sobre todo echaba de menos la comunicación con los demás; la posibilidad de transmitir a un ser semejante a él las mil menudencias que se desarrollaban a lo largo del día.

—Si al menos encontrase otro pez como yo.

Raro le advirtió que no era bueno alimentarse de nostalgias:

—Conducen a la misantropía.

Y le recomendó que abandonara sus recuerdos.

—Es una cuestión de hábito —le dijo—. Dentro de poco ya no te acordarás de tu infancia.

Pero no era sólo las evocaciones de su infancia lo que hería a Patricio. También lo hería su soledad. Aquella tremenda sensa-

36

ción de sentirse solo en medio de multitudes. Especialmente cuando se notaba vacío; desarraigado de su condición de pez. Era como si nada en el mundo pudiera concederle una identidad:

—Necesito compañía; alguien con quien compartir mis presas, mis temores y mis alegrías.

Entonces Raro le habló como lo hubiese hecho un verdadero bical:

—Sueñas demasiado —le dijo—. La vida del río es demasiado dura para andar rastreando ese tipo de anhelos.

Y añadió que eso le ocurría por falta de información.

—Os aleccionan mal. Os dejan con la idea de que vivir es jugar. Luego vienen los desengaños.

—No me importaría desengañarme si supiera con certeza que lo que busco existe.

Para tranquilizarlo, Raro le confió que también él se había visto obligado a superar la prueba del desaliento.

—Y ¿cómo la superaste?

—Trueno me dio la clave.

El pez prepotente, el pez invencible; el primer salmón del río que jamás se había dejado llevar por las sensaciones y el instinto.

—Por eso ha podido llegar hasta donde ha llegado.

Y volvió a describirle su poderío, su gran capacidad para vencer cualquier contratiempo importante.

—Supo tomar conciencia de su independencia antes de que fuera demasiado tarde.

Sin embargo eso era lo que más le dolía a Patricio: saberse independiente y desligado de todos los demás.

—Es como si lejos de ser peces fuéramos únicamente sombras.

—Trueno jamás ha sido sombra. Algún día, cuando lo veas, te convencerás de lo que te digo.

Pero Patricio no lo creía. Él nunca había visto a Trueno. ¿Cómo aceptar lo que Raro le decía?

—Yo no podré ser como Trueno —le contestó—; ni siquiera me parezco a ti.

—Ése es tu error, Patricio. Ningún pez

fluvial tiene derecho a considerarse distinto de sus hermanos.

Había que admitirlo: a veces Raro decía cosas desagradables. Frases que Patricio no hubiera querido oír. De hecho él no se consideraba distinto; sencillamente pensaba de otro modo. Si al menos Raro no le prohibiera darle vueltas al pasado. Pero Raro insistía:

—No hay nada más dañino que evocar lo que dejamos atrás.

Sin embargo él no podía olvidarse de todo lo que había abandonado; las arenas finas, las motas blancas que caían al agua, los juegos de luz que el sol prestaba a los fondos.

A pesar de todo, su cuerpo medraba y la fuerza física se iba apoderando de él con tanto vigor como su tristeza.

Pronto descubrió que para cazar insectos sin sentirse acosado por sus hermanos lo mejor era posarse en los fondos, esconderse en la sombra y aguardar a que la presa revoloteara por la superficie. Era la mejor forma de pillarla desprevenida.

Pero las sombras aún le producían

mucho respeto. Él no había conocido más sombra que la provocada por la noche, cuando la bóveda seca se cerraba y un mundo de luminarias se estrellaba contra el remanso.

En cambio en el río grande las sombras acechaban constantemente y, cuando la noche llegaba, el agua se nublaba de tal modo que la penumbra se volvía totalmente sombría y ni siquiera las luminarias altas llegaban a lo hondo.

—Eso te ocurre porque te niegas a crecer —le reprochó Raro.

Y le repitió que si quería ser un salmón de verdad, no le quedaba más remedio que acostumbrarse a las sombras.

—Entonces yo nunca podré ser un salmón de verdad —contestó Patricio desalentado.

Pero aquella noche tuvo un sueño tranquilizante. Fue una especie de premonición, que en cierto modo dio sentido a su vida.

De pronto todos los peces del río se volvieron transparentes. Ningún secreto alteraba su discurrir. Nadie atacaba a nadie y ningún esguín agredía al otro para hacerse con una lombriz, una larva o un insecto.

Después soñó que soñaba y que también los despertares tenían derecho a convertirse en sueños.

Y Patricio no perdió la esperanza de encontrar algún día otro pez como él.

5

TRANSCURRIERON VARIAS JORNADAS sin exce-
sivas alteraciones. De vez en cuando las lluvias acrecentaban el caudal, otras en cambio
el sol evaporaba el agua y dejaba en los bordes las huellas de las crecidas.

Pero la monotonía era la nota predomi-
nante del río.

Y nadie podía quitarle de encima a Patricio aquella sensación casi dolorosa de estar
allí como "de prestado", de aguardar algo
que no acababa de llegar.

Sin embargo su cuerpo crecía y su fuerza
aumentaba y el miedo, que tanto le había
atenazado al principio, comenzaba a deser-
tar de él.

También los otros peces iban cambiando.
De improviso las hembras empezaron a

oscurecerse y los machos rojearon su cara.

Y mientras las primeras adquirían una apariencia maciza y un cuerpo afinado, a los machos todo se les iba en acentuar aquel extraño tejido cartilaginoso que curvaba ostensiblemente sus mandíbulas y los convertía en una suerte de feroces guerreros.

Entonces se preguntó si también él parecía un guerrero feroz. No le cabía en la cabeza que las apariencias pudieran ser tan engañosas.

Porque Patricio odiaba la violencia. De hecho siempre la había odiado, incluso cuando se veía obligado a atacar a sus hermanos para defender su presa.

Por eso, en cuanto se producían motines o se iniciaba algún escándalo, Patricio corría a esconderse en la parte más remota del cauce. Era su forma habitual de evitar cualquier roce.

Algunos, cuando lo observaban tan distante, se burlaban un poco de él:

—Se considera distinto.

No podían tolerar aquella forma de actuar tan ostensiblemente individualista.

44

Aquello le hacía sufrir, pero no lo demostraba.

Si al menos pudiera hacerles comprender que aquella forma de comportarse era puramente defensiva. Pero ningún pez admitía su ostracismo. Y poco a poco Patricio se fue convirtiendo en un amasijo de acertijos ilógicos que nadie lograba desentrañar.

* * *

Se consolaba pensando que acaso cuando le llegase la hora de introducirse en el mar las cosas pudieran clarificarse. Pero aquella perspectiva era todavía muy remota.

También lo iba siendo su añoranza del remanso. En realidad ya no pensaba en las aguas de cabecera con la desesperada nostalgia del principio. Simplemente las recordaba como algo fortuito, bello y remoto. Algo parecido a las luces que se quebraban cuando caía la noche, o como los resplandores que el cielo enviaba cuando había tormenta.

Pero su tristeza no disminuía.

6

EN CIERTA OCASIÓN Raro se llegó hasta Patricio para comunicarle que se marchaba:

—Ha llegado mi hora.

La hora del mar. La hora de correr tras la patria prestada.

Raro había cambiado mucho. Ya no era un esguín de cabeza grande y rostro pálido. Casi sin darse cuenta se había convertido en un bical magnífico: una treza robusta cuyo alimento por adarmes ya no podía satisfacerle.

—Debo unirme a la manada. *grupos animales*

En efecto, allá tras el recodo se iba formando la expedición a la que Raro debía unirse.

No le quedaba otro remedio. Hacer el viaje en solitario podía ser peligroso.

Lleno de hondonadas y bajuras, cebos malignos y corrientes traidoras, el río era un largo camino saturado de peligros que un pez solo difícilmente podía afrontar.

Por eso, tanto para ir hacia el mar, como para regresar a las aguas de cabecera, los salmones organizaban expediciones, se nombraban vigías y se instituían severas reglas que todos debían respetar.

—¿Volverás pronto?

Raro le dijo que no:

—Te lo he dicho muchas veces; los salmones que regresan demasiado pronto difícilmente consiguen mantenerse con vida.

—Pero eso no es lo previsto.

El agua del río esperaba otra cosa. Todos lo sabían.

Pero Raro no se dejaba convencer:

—Me he propuesto crecer como lo ha hecho Trueno.

Sólo él y algún salmón de su escolta estaban verdaderamente capacitados para remontar el río sin correr el riesgo de deteriorarse.

—Tendrás que renunciar a la danza.

También Trueno había renunciado. Todos los salmones inteligentes renunciaban a ella.

—La danza es una forma de autodestruirse. Un claro suicidio que todos deberíamos evitar.

Y le repitió que sacrificar la propia vida para dar salmones al río, no dejaba de ser una incongruencia.

—El río no tiene derecho a ser tan egoísta.

Trueno lo había comprendido; por eso se había vuelto tan poderoso.

—Es como un salmón inmortal.

Un producto genuino de autodisciplina; vencedor del tiempo, dueño y señor del espacio. Un claro exponente de lo que antaño debieron de ser los salmones de los glaciares.

Tal vez Raro tuviera razón, quizás lo importante no fuera dejarse llevar por el poder de los ciclos establecidos, sino violarlos, adueñarse de ellos. Y vivir. Sobre todo, vivir.

—Voy a echarte de menos.

Aunque de edad diferente, Raro y Patricio siempre habían congeniado.

—No te preocupes; volveremos a vernos cuando bajes al mar.

Y acercándose a Patricio, le rozó el rostro con la cola.

—El tiempo pasa de prisa.

Como el agua, como las esperanzas, como los sueños.

* * *

Pronto lo vio nadar hacia la manada. Daba gusto contemplarlo tan activo, sus aletas removiendo el agua con precisión matemática, sus certeros coletazos, su cuerpo zigzagueando con elegancia, sin permitirse el menor fallo ni la menor vacilación: "No tardaré en ser como él", pensó Patricio con orgullo.

Pero en seguida lo perdió de vista porque un grupo de bicales comenzó a rodearlo.

Después empezó el descenso. Lento, parsimonioso, como si la corriente se negara a empujar aquel bloque de vidas apelotonadas que abandonaban el río.

Poco a poco el bloque fue desapare-

50

ciendo más allá del recodo. Y Patricio tuvo la impresión de que el agua se enturbiaba con nuevas tristezas.

* * *

No podía olvidar lo que Raro le había dicho: "Hay que parecerse a Trueno."

Afortunadamente Patricio sabía que Trueno no iba a tardar mucho en remontar el río.

Quizás entonces pudiera interrogarlo. Y saber. Eso era lo que necesitaba: saber a qué atenerse y obrar en consecuencia; desterrar las dudas, sumergirse en la seguridad. "Cuando llegue la primavera."

Todos sabían que en cuanto las aguas se caldeaban Trueno podía comparecer de un momento a otro. Era lo establecido. Para no afectar la buena marcha de la freza, Trueno jamás coincidía con los salmones que deseaban aparearse: su tamaño podía perjudicar el ritmo ascendente de los salmones en celo. Y él siempre había sido muy respetuoso con las ideas de los demás. Ya lo decía Raro:

"Los viajes de Trueno son siempre didácticos", por eso nunca coincidía con el frío.

Al parecer, en cuanto Trueno abandonaba el mar, la noticia se extendía de pez a pez, desde la desembocadura hasta los parajes más altos.

Pero la primavera estaba aún muy lejos, y Patricio se sentía cada vez más solo y desorientado.

Nada le interesaba; ni siquiera lograba sacarlo de su amodorramiento el juego de los torneos que los esguines organizaban para ejercitarse en la lucha. Cualquier cosa era para él un revoltijo de inseguridades.

Hasta que un día conoció a Potámide y en su vida todo cambió bruscamente.

7

FUE UN ENCUENTRO CASUAL; uno de esos
imprevistos con categoría de destino.

Al principio todo quedó en un sobresalto;
un terror electrizante que lo dejó paralizado.
En seguida reaccionó; algo había que hacer
para salvar a aquel pez.

Estaba allá, en los fondos, atrapado por
una piedra, su cuerpo agitándose aturdido,
sus lamentos desmayados.

—No te preocupes; yo te salvaré.

El lugar era sombrío, sin embargo bastó
acercarse al rostro del pez para darse cuenta
de que sus ojos, aunque ateridos, eran como
dos luminarias brillantes.

—Procura aguantar.

Y empezó a picotear su cola para intentar
arrastrar el cuerpo apresado.

Pero la piedra apenas se movía y el pez no conseguía liberarse del cerco.

—Buscaré ayuda.

Rompió entonces a nadar de prisa de un lado a otro, forzando el resuello y formando cabriolas grotescas para llamar la atención.

Pero el lugar estaba desierto y ningún esguín atendió su requerimiento.

Se trataba de una parcela oscura, de fondos pegajosos y corrientes traidoras; un fragmento de río que la mayoría de los peces rehuían cuando llegaba la noche.

Pensó en alejarse de allí para solicitar socorro. Pero el pez atrapado le suplicó que no le abandonara:

—No me dejes sola.

Era una hembra. Una hembra desvalida, de mirada suplicante y voz medio apagada por el cansancio.

—Me estoy quedando sin fuerzas.

Inmediatamente procuró barrer la piedra con sus coletazos, tal como habían hecho en el remanso con los tesoros que el hombre lanzaba desde la orilla. Pero sus coletazos sólo servían para remover los fondos y enturbiar aún más la suciedad del agua.

—No temas, haré lo que sea para salvarte.

Y lo hizo. Fue una idea repentina que a duras penas llegó a madurar; uno de esos ramalazos afortunados que a veces pueden ser catastróficos.

—Voy a servirte de cuña.

Y antes de darle tiempo a reaccionar metió la cabeza entre la piedra y el cuerpo de la cautiva:

—Procura liberarte en cuanto la presión ceda.

Ni siquiera pensó en que aquella solución podía provocarle su propio aprisionamiento. El cuerpo de Patricio era muy joven y su vigor le impedía barruntar peligros.

Fue cuestión de unos instantes: tras la cabeza metió su cuerpo, lo arqueó, levantó la piedra con el dorso y la dejó caer de nuevo, desplazándola hacia un lado.

Lo demás sucedió de un modo inconsciente: dos coletazos rápidos, conjuntados, certeros. Y en seguida la liberación.

—Lo hemos conseguido.

Estaban los dos frente a frente, distendids; las mentes ligeramente ofuscadas.

Era igual que resucitar. O como si todo en el río naciera de nuevo.

* * *

Después llegó el alivio; y las explicaciones:

—Me llamo Patricio.

Y ella le dijo que se llamaba Potámide:

—Como la ninfa del río.

Pero Potámide no era una ninfa, era sólo un esguín. Un esguín todavía tembloroso que acababa de escapar a una muerte segura.

—Llevaba tanto tiempo apresada.

Jadeaba sonriente, agradecida.

—Ya no me quedaban fuerzas.

Patricio le señaló una piedra mohosa:

—Procura descansar.

Pero Potámide no se movió. Se quedó frente a él como si el descanso no le importara y la piedra mohosa no existiera.

—Jamás olvidaré lo que has hecho por mí.

Y Patricio pensó que tampoco él podría olvidarla a ella fácilmente. Debía de ser imposible olvidar aquella mirada penetrante, y aquella voz suave, y aquellas escamas todavía sin madurar.

—Por mucho tiempo que pase, siempre recordaré que me has salvado la vida.

Y sin esperar respuesta comenzó a nadar río arriba, ligera, flexible, dejando una estela casi imperceptible por donde pasaba.

* * *

Después llegó el silencio.

Y la sensación de un vacío grande, igual que si Potámide se hubiera llevado consigo la clave de su propia vida.

Era extraño saberse salvador de un pez. Era como cometer una hazaña fuera de toda lógica. Ni él mismo se explicaba aquella anomalía, sobre todo cuando divisó la piedra que él mismo había desplazado al arquear su cuerpo. De hecho era lo mismo que haber cambiado el curso de las aguas, o contemplar los rayos del sol en plena noche.

De cualquier forma era agradable sentirse héroe y haber actuado como un verdadero bical.

También lo era saber que Potámide no tenía intención de olvidarlo: "Mañana, en cuanto amanezca, procuraré dar con ella nuevamente."

* * *

Pero el río era muy grande y Potámide no aparecía.

En vano preguntó a muchos esguines dónde podría encontrarla. Ninguno pudo darle razón de ella:

—Tal vez se fue hacia el torrente.

Pero cuando llegaba al sitio indicado, Potámide no estaba allí:

—Dirígete a la cañada.

Inútil, Potámide parecía haberse esfumado. Si al menos le hubiera explicado dónde se refugiaba cuando la noche caía.

A pesar de todo no se cansó de buscarla. Algo le decía que su destino era ella, y que en adelante nada podría tener valor al margen de su presencia.

Y las horas transcurrían vacías, como detenidas en su propio tiempo. Y el significado de las cosas perdía consistencia. Hasta la superficie con sus insectos eran meros accidentes carentes de interés; un lugar híbrido que sólo servía para mediatizar el aire y el agua.

* * *

Casi todas las noches soñaba con ella. Eran sueños mágicos, como arrancados del futuro. De pronto se veía a sí mismo bajando al mar con Potámide al lado. Y todo en aquellos sueños era un delirio de relieves y colores.

Nada en ellos carecía de sentido. Antes al contrario. Era como si un mundo de horizontes amplios fuera abriéndole paso a la más codiciada realidad. Y sus tribulaciones se esfumaban. Y su tristeza se disolvía.

Era una forma nueva de estar en el río; un extraño modo de gozar de sus secretos:

"Algún día, cuando Potámide crezca, realizaremos juntos el rito de la danza", se decía a sí mismo cuando despertaba.

Porque estaba seguro de que todo lo que había soñado acabaría por cumplirse.

* * *

Pero tardó mucho en encontrarla. A veces el río se volvía adusto y se negaba a provocar situaciones gratas. Nada importaba que el agua reluciera apaciblemente; en el fondo, cuando manifestaba su hostilidad, era como si una niebla pegajosa desconcertara las aguas y las ensuciara de desalientos.

Dio por fin con ella cuando una noche se disponía a meterse en su refugio.

—¿Dónde estabas, Potámide?

Se lo preguntó con cierto tono de reproche, como si Potámide le hubiera esquivado expresamente.

—También yo te he buscado a ti —le confesó ella sin rodeos.

Y al acercarse vio que su cuerpo temblaba como el día en que él la había liberado de la piedra.

—No debimos separarnos.

Lo habían comprendido desde el instante mismo que se habían encontrado.

—¿Por qué te fuiste?

—No lo sé. Me convertí en un esguín cualquiera.

Pero Potámide no era un esguín cualquiera. Podía comprobarse aquella diferencia en la emoción que reflejaba y en aquella forma de mirar entre desvalida y risueña.

Entonces Patricio le habló de la soledad del esguín; del error que suponía vivir siempre tan aislados.

—Podríamos ser distintos.

Y gozar de la convivencia. Compartirlo todo:

—Incluso la comida.

Tampoco ella estaba de acuerdo con las reglas del distanciamiento:

—Me he negado siempre a ser como ellos.

Y al oírle decir aquello fue como si mil heridas se cicatrizasen o como si los mil inte-

rrogantes que tanto le habían atormentado
se llenaran de respuestas:

—Será como descubrir un nuevo río.

Y a partir de entonces ya no se sepa-
raron.

8

FUE UN CONVIVIR inocente lleno de sorpresas insospechadas; los coloquios, los silencios, las miradas fortuitas, los roces involuntarios: todo influía para que los dos esguines se sintieran cada vez más unidos.

Ya nunca se preguntaban el porqué de las cosas. Las respuestas estaban en ellos mismos, como si desde antes de nacer sus vidas hubieran sido preparadas para encontrarse.

A veces incluso se aventuraban a realizar proyectos para cuando les llegara la hora de aparearse:

—Dicen que algunos salmones se quedan en el camino.

—Pero nosotros conseguiremos llegar.

Nada ni nadie iba a impedirlo.

Había sentimientos demasiado poderosos para que el río pudiera destruirlos. ¿Qué podía suponer la fuerza de los golpeaderos, de las cataratas, de los desvíos impetuosos, al lado de la felicidad que los dos esguines experimentaban?

Nada podía ser inhóspito cuando la esperanza mandaba.

—Conseguiremos danzar —se prometían.

Necesitaban el vínculo indisoluble; no se concebían a sí mismos sin lograrlo:

—Y gozar de la vida en su plenitud.

Después. ¿Quién pensaba en el después cuando los presentes podían dilatarse en el recuerdo?

—Seremos como un solo pez.

Y como un solo pez vivían desde que habían vuelto a encontrarse.

* * *

Al principio todo fueron críticas. Ningún esguín aceptaba serenamente aquella unión tan extraña:

—Parece como si jugaran a ser dos salmones adultos.

Y se reían de ellos cuando los veían nadar juntos camino de sus cosas: los coleteos pausados, la alegría en sus semblantes.

—Cualquiera diría que ya están dispuestos para la danza.

Pero no tardaron en acostumbrarse; a veces la insistencia creaba leyes y convicciones.

Por eso cuando algún pez los mencionaba, siempre los citaba por sus dos nombres: "Potámide y Patricio. Patricio y Potámide." No concebían ya que alguno de ellos pudiera ser nombrado por separado.

* * *

Cierta mañana Patricio le propuso a Potámide desplazarse a las aguas de cabecera; deseaba compartir con ella el secreto del tesoro escondido:

—Quiero que te conozcas; que te veas a ti misma tal como eres.

Y le habló del agua sólida y de cómo, al

acercarse a ella, todos los peces podían observar su propia imagen.

Fue un viaje tranquilo. Los dos habían crecido y nadar contra la corriente ya no suponía un problema.

El remanso otra vez. La suavidad del agua. Los rayos de sol desplomándose sobre la superficie como relámpagos tímidos.

Sin embargo los alevines que les salieron al paso parecían asustados:

—No temáis —los tranquilizó Patricio—. Venimos en son de paz.

Y les prometió que una vez cumplido el deseo de verse reflejados en aquella piedra regresarían al río sin provocar daño alguno.

No fue difícil dar con ella; se hallaba en el mismo lugar donde él y sus hermanos la habían dejado hacía ya mucho tiempo.

Vista a distancia se hubiera dicho que aquella piedra era sólo un repliegue del agua; un incidente fortuito provocado por los caprichos de la transparencia.

Únicamente al acercarse a ella por el lado opuesto se advertía que, a pesar de todo, aquel objeto era una piedra. Una piedra lisa, fina y cortante que traidoramente podía lastimar la piel de los peces.

—Procura no rozarla para no dañarte.

Potámide contempló el prodigio sin llegar a comprenderlo.

—No lo dudes, Potámide. Ese esguín que ves reflejado eres tú.

Le costó mucho reaccionar. Sólo pudo admitir aquella anomalía cuando Patricio se colocó a su lado.

Allí estaban las dos imágenes, nítidas, agrandadas.

—¿Cómo es posible?

Nadie lo sabía. Era una piedra del hombre. Un extraño artilugio creado, sin duda, para reafirmar la existencia de sus propias vidas. Una forma mágica de dar movimiento a una materia inerte.

Y por primera vez, desde que había llegado al mundo, Potámide tuvo conciencia de su belleza.

9

A PARTIR DE AQUEL DÍA todas las piedras del río tuvieron un significado particular. Era como si estuvieran allí para que ellos las descifraran.

Las había oblongas, lisas, estriadas, redondas, largas, y cada una de ellas parecía esconder sorpresas y encerrar significados particulares.

—Debemos descubrirlos.

Por eso se afanaban tanto en sacudir el barro que las cubría y dejarlas libres de lodo.

Pero nunca encontraron una piedra como la del remanso.

A veces, para estudiarlas mejor, las obligaban a rodar río abajo. Entonces, más que en la piedra, se fijaban en las huellas que su rodar había provocado.

—Deben de ser mensajes.

Y se apresuraban a analizarlas como si la piedra rodante hubiera dibujado un gran jeroglífico para su uso exclusivo.

Luego venían las fantasías:

—Aquí se habla de nuestro futuro.

Lo imaginaban alegre, repleto de experiencias insospechadas.

Eran como anticipos de recuerdos, pequeñas certezas que los llenaban de euforia.

—Podremos sobrevivir a nuestros hijos.

—Después volveremos al mar para recobrar fuerzas.

Aquella predisposición a las profecías solía irritar a los demás salmones:

—Desvariáis, insensatos.

Y se liaban a vaticinarles desgracias para cuando se convirtieran en bicales.

—Nosotros somos distintos.

De hecho lo eran. Por eso no podían imaginarse a sí mismos cayendo en los mismos errores de los otros peces.

De tarde en tarde, para avivar su primer

encuentro, nadaban los dos hacia la sombría zona donde Potámide había quedado atrapada: la piedra continuaba allí, algo removida, los cantos vueltos hacia arriba:

—Gracias a ella nos conocimos.

Y los complacía contemplarla como si la piedra tuviera conciencia y aquel accidente se hubiera producido para provocar su encuentro.

—Me pregunto qué hubiera sido de nosotros sin ella.

Probablemente habrían seguido vagando por el agua como dos peces fantasmas, dos criaturas errantes nubladas de tristeza.

—Hubiéramos sido dos nadas vacías.

Un par de añicos vivientes marcados por la lacra de los desencuentros, como los otros esguines. Dos seres proscritos condenados a la soledad.

—No debemos olvidar esa piedra.

* * *

Por eso no la olvidaban. Era agradable quedarse allí, en silencio; la vista clavada en el hueco que la piedra había dejado.

—Nunca nos separaremos, ¿verdad, Patricio?

Era imposible separarse. Tampoco las ramas de las orillas se separaban del cauce. Estaban juntos para siempre. Como el aire y la corteza del agua. Como el calor y los rayos del sol.

—Sólo la muerte podrá con nosotros.

Lo creían con tanta firmeza como creían que el mundo entero estaba compuesto de ríos.

Pero a Potámide no le gustaba mencionar la muerte:

—Si al menos pudiéramos morir juntos.

—Todas las parejas de salmones mueren al mismo tiempo.

Y le prometió que pasara lo que pasara, él nunca la abandonaría.

—Así podremos entrar juntos en el río eterno.

10

LA NOTICIA LLEGÓ a lo alto del río cuando la primavera era ya un largo proseguir de días soleados.

—Trueno se dispone a remontar las aguas.

Como siempre el rumor nació en el mar, cruzó la riera, se introdujo en el racial, se estancó un poco en los arroyos, trepó luego por cañadas, cataratas y golpeaderos, para llegar fresca y vital a las aguas de cabecera:

—Trueno está a punto de llegar.

Comenzaron los preparativos, los festejos, los traslados fortuitos por los afluentes porque la mayoría de los peces quería conocerlo.

—Por fin.

Pero los viajes de Trueno eran largos y

aparatosos. Solía detenerse junto a los remansos que iba encontrando a su paso y aquello demoraba su llegada a lo alto del río.

Su prestigio era muy grande entre los salmones. Por eso, cuando se acercaba la fecha de su llegada, sus historias y azañas corrían de boca en boca como si no hubiera otro tema de conversación.

—Es el dueño del río —aseguraban.

—Consigue todo cuanto se propone.

Lo que más admiraban en él era su tamaño:

—No hay en todo el río un pez tan poderoso como él.

Algunos se preguntaban en qué consistía su secreto para llegar hasta donde había llegado.

—Siempre rehuyó la llamada del río.

Algo que muy pocos salmones se atrevían a realizar. Por eso Trueno los superaba a todos.

Pero a Potámide aquellos razonamientos no la convencían.

—Vivir no supone aumentar de tamaño y permanecer en el tiempo.

Vivir para ella era seguir el curso de la Naturaleza; entregarse al río sin reservas. En suma: cumplir con el destino impuesto a todos los salmones.

Y nadie ignoraba que Trueno jamás se había apareado.

—Siempre rehuyó la danza —decían.

—Es un salmón disciplinado.

No obstante Potámide insistía:

—¿Qué importancia tiene vivir mucho tiempo si se pierde el derecho a gozar de la vida?

No podía concebir que el poder de Trueno fuera capaz de compensar su indudable ostracismo. La vida, para ella, no era precisamente dominar las masas y dejarse admirar por ellas.

—La verdadera vida consiste en sentirse completo.

Resultaba extraño ver a Potámide tan alterada. Parecía como si lo que para todos los peces era un motivo de regocijo, para ella fuera una circunstancia molesta.

—Hubiera preferido que se quedara en el mar —confesó.

Sin embargo Trueno siempre cumplía

sus promesas y su llegada era ya inminente.

Lo evidenciaba el continuo ajetreo de los bicales por preparar el vado donde debía posarse. Y el entusiasmo de los esguines cuando los fondos se removían.

—Trueno está a punto de llegar —repetían continuamente.

Era un hecho inevitable; uno de esos imponderables que ni siquiera el desvío de los cauces podía modificar.

—No puede traernos nada bueno —exclamó Potámide enfurruñada.

Y por primera vez desde que estaban juntos, Patricio se atrevió a llevarle la contraria:

—Tampoco puede traer nada bueno el desoír la voz de la experiencia.

—¿Qué clase de experiencia puede tener un pez que se limita a vegetar?

Lo dijo ásperamente, con el gesto crispado.

—Parece como si estuvieras celosa.

En el fondo lo estaba. Probablemente le daba miedo que las teorías de Trueno pudieran afectar el futuro de ambos. Patricio trató de tranquilizarla.

—Tú sabes que entre nosotros nada podrá cambiar.

A pesar de todo ella recelaba. No comprendía muy bien el interés de Patricio por encontrarse con aquel pez.

—A veces basta un detalle fugaz para destruir un destino.

Y entristecida se apartó del lugar donde los esguines y los bicales merodeaban inquietos para preparar el vado.

* * *

Al poco tiempo recibieron la visita de un pez de grandes proporciones. Se trataba de un salmón gigante perteneciente al cortejo de Trueno; un discípulo aventajado, que, al parecer, jamás se separaba de él:

—Mañana, en la amanecida, Trueno estará con vosotros —les anunció.

Lo dijo con ceremonia, el cuerpo rígido, la mirada solemne. Y les advirtió que cuando Trueno llegara anduvieran con cautela, porque el agua que desplazaba provocaba oleajes y podía azotarlos.

77

—Procurad esquivarlo. Trueno no desea dañaros.

Fue un día excepcional; hasta la luz que caía de la fracción seca parecía más diáfana que de costumbre. Las lluvias recientes habían despejado la atmósfera y el caudal del río fluía notablemente aumentado.

—Ha sido el propio Trueno el causante de las lluvias.

Lo creían así porque para ellos Trueno era un dios poderoso capaz de acrecentar los caudales y sanear el agua.

—Hay que causarle buena impresión —decían.

Y por primera vez, desde que habían abandonado las aguas de cabecera, los esguines intentaron modificar su imagen, y hasta se disponían a ayudarse los unos a los otros como habían hecho en su primera infancia.

* * *

Cuando Patricio y Potámide llegaron aquella mañana al lugar donde Trueno debía posarse, una gran cantidad de peces se había instalado ya en torno al vado.

Pero el verdadero tumulto no comenzó hasta que la escolta que siempre le acompañaba dio en asomar tras el recodo.

También aquellos peces impresionaban por su tamaño y gallardía. Se trataba de ejemplares únicos sabiamente adiestrados por él; criaturas apuestas de aspecto altivo que al nadar no sólo dejaban estelas profundas en el agua, sino que incluso llegaban a aumentar sus vibraciones.

Lo cierto era que nada en aquellos peces recordaba el amedrentamiento de los esguines y la insignificancia de los bicales. Ni siquiera se parecían a los salmones maduros que remontaban las aguas para aparearse.

Sin embargo, según decían, ninguno de ellos podía compararse a Trueno.

No sólo por su tamaño, sino por su arrogancia, su solemnidad y su sabiduría.

El alborozo era inmenso. Nunca en lo

alto del río se había celebrado una fiesta tan importante.

De pronto, a una señal de un pez de la escolta, se hizo el silencio. Era un silencio extraño, como de río despoblado o muerto. Lo único que se escuchaba era el persistente coleteo de los recién llegados, cuando, instados por el entusiasmo, saltaban por encima del agua, atravesaban la superficie y descendían luego a lo más profundo del río sin permitirse el menor desequilibrio.

—Así debieron de ser nuestros antepasados —comentó Patricio.

Aquellos salmones poderosos que según la leyenda habían habitado en los fríos océanos del hemisferio boreal. Peces arrogantes e inteligentes, que desde tiempos remotos moraban en los glaciares antes de que el hombre existiera.

Sin embargo a Potámide aquella reflexión no parecía gustarle.

—Tampoco nosotros somos despreciables.

Pero Patricio no la escuchaba; deslumbrado por la presencia de aquellos peces, todo se le iba en sueños de grandeza.

—Tal vez algún día podamos recobrar nuestro verdadero tamaño.

Era como una obsesión; algo que venía incubando desde que Raro le había hablado de los glaciares perdidos.

Nadie sabía con exactitud lo que había ocurrido. Lo único que se afirmaba era que en tiempos lejanos ningún salmón necesitaba recurrir a una patria prestada para sobrevivir.

Pero aunque la mayoría barruntaba que aquella historia era ya pura quimera, la esperanza de los salmones no menguaba.

—Si Trueno ha conseguido ser como nuestros antepasados, nada nos impide imitarlo.

Eso era lo que se debía hacer: imitar a Trueno, vencer a la Naturaleza, extraviarse en la longevidad. En suma: traspasar los años como se traspasaban las aguas: insensiblemente. ¿Qué importaba despoblar el río durante un lapso más o menos largo? A veces para alcanzar resultados positivos era preciso sacrificarse; meterse en el vacío, ser algo más que instrumentos reproductores.

Ésa debía de ser la única forma de perpetuarse. Tiempo habría de recurrir a la danza una vez los cuerpos se hubieran desarrollado lo suficiente para no sucumbir.

—¿En qué estás pensando, Patricio?

Fue como despertar de un sueño.

—Pensaba en Trueno; en sus teorías.

—Deséchalas —dijo Potámide—, van contra las reglas de la felicidad.

11

LA LLEGADA DE TRUENO fue apoteósica, y a pesar de su empeño en no producir molestias y alteraciones fue imposible evitar ciertos trastornos e inestabilidades en los peces que lo rodeaban.

Primero asomó su rostro, inmenso, ligeramente velado por las burbujas que despedían sus branquias. En seguida asomó su cuerpo, aparatoso, mazacote, de aletas recias y cola profusa.

No tardó mucho en recostarse sobre el vado. Lo hizo con cautela, para que el agua que desplazaba no hiriese a los otros peces. Después su cuerpo quedó medio enterrado en lo más profundo del río.

Entonces comenzó la pugna por observarlo de cerca. Todos los peces querían acercarse a él para contemplarlo mejor. Les impresionaba mucho ver aquel enorme dorso salpicado de puntos negros y rojos; aquellos flancos llenos de manchas verdosas; aquella hilera de dientes agudos y cortantes, y, sobre todo, aquella descomunal mandíbula repleta de cicatrices.

—Las adquirió luchando —decían.

Todos lo sabían: Trueno era un gran guerrero. Un pez invencible que jamás se había dejado atrapar.

—Son marcas gloriosas —comentaban.

—Remates de su andadura triunfal.

Porque, al parecer, Trueno conocía todos los trucos para vencer a la muerte. No en vano había conquistado fama de valiente incluso entre los peces marinos.

También en su cuerpo había rastros de luchas. Pudieron comprobarlo cuando Trueno, en un alarde de orgullo y magnanimidad, se ladeó suavemente para dejar al descubierto su inmenso vientre blanco y luminoso.

No había duda, Trueno era el salmón más bello del mundo.

—Nadie puede compararse a él.

84

Incluso el hombre se había visto chasqueado más de una vez por su prepotencia y su coraje. Por eso lo que tan fácilmente afectaba a los demás salmones, nunca conseguía afectarlo a él.

Hasta la escalada del río era para Trueno un paseo sencillo. Provisto de una energía inexplicable, podía nadar contra la corriente y saltar por encima de los golpeaderos, como si se tratara de un juego.

—Es asombroso —exclamó Patricio.

Lo dijo fascinado; vehemente, deseoso tal vez de que Trueno lo escuchara.

—Todos deberíamos parecernos a él.

Y Trueno lo escuchó. De pronto se volvió hacia él.

—Todo es cuestión de proponértelo.

Lo dijo suavemente para que sólo Patricio lo oyera:

—Lo único que debes hacer es reconquistar tu libertad.

Y contempló a Potámide con cierto desdén, como si su presencia le estorbara.

Patricio no lo entendía.

—Nunca me he considerado cautivo.

Pero Trueno no admitía aquel argumento. Probablemente le parecía endeble.

—Lo eres —dijo fríamente.

Y volvió a señalar a Potámide.

—Debes ser dueño absoluto de tus actos —insistió—. Llegar al mar sin prejuicios ni ataduras.

No había duda: Trueno le estaba reprochando su conducta. Probablemente como buen conductor de masas conocía al dedillo el comportamiento de sus súbditos.

Fue lo mismo que si le hubieran fulminado. Él nunca había barruntado que Potámide pudiera ser un estorbo.

—¿Qué debo hacer?

—Convertirte en un salmón independiente.

Y ladeándose muy despacio, dejó de hablar con Patricio para dirigirse a los otros peces.

* * *

Comenzó su discurso saludando a los habitantes de la zona alta (aquellos prometedores esguines y bicales que tanto habían

luchado por su derecho a subsistir). Luego,
como tenía por costumbre, les habló de la
gloria de sus antepasados.

—Fueron desde siempre salmones fornidos; jamás tuvieron que mendigar hospitali-
dad ni se vieron obligados a trasladarse al
mar para adquirir energías.

Peces como él: conscientes de su forta-
leza. Trezas invencibles que desconocían
la nostalgia.

—Nada más dañino que la nostalgia
—continuó—; es precisamente ese torpe sentimiento lo que os obliga a regresar al río
cuando todavía no estáis preparados para
afrontar sus peligros.

Pero los glaciares perdidos jamás podrían recuperarse; la tierra se los había
tragado. Por eso él estaba allí, para advertir-
les de que no se dejaran engañar por el
instinto.

—Es una mentira que debéis desterrar.
Lo esencial —continuó diciendo— debía
consistir en crecer; olvidarse de la danza,
dejar de preocuparse por el desove.

—Desengañaos —insistió—, ni siquiera
los pobres zancados, debilitados y ham-

brientos, tienen la posibilidad de regresar al mar después de aparearse.

Por eso la vida de un salmón era tan corta.

—Por la maldita obsesión de recobrar los glaciares perdidos.

Se trataba de instintos vanos que sólo conducían a la muerte. Trampas fugaces que todos los salmones debían rehuir.

Y su voz cada vez más penetrante se metía en los peces, como se metía el frío cuando la superficie se helaba. Era lo mismo que si estuviera hipnotizándolos.

—Algunos se escudan en los mandatos de la Naturaleza —continuó diciendo—, confunden la integridad de un salmón por su empeño en aparearse. Pero se engañan. Existe algo mucho más valioso que el afán de aparearse. La vida no es sólo reproducirse y morir. Nadie debería morir para dar la vida a otros peces.

Él mismo se ponía como ejemplo.

—Miradme a mí. Yo soy vuestra respuesta.

Y estiró su cuerpo para acrecentarlo.

No había duda: Trueno sabía despertar

admiración. Bastaba contemplarlo allí, distendido, su mirada serena, abarcando el cúmulo de peces que lo contemplaba, para comprenderlo.

—No os precipitéis; no busquéis vuestra ruina.

Lo repetía una y otra vez, como si temiera que sus enseñanzas fueran pronto olvidadas.

—Lo malo del salmón es que no reflexiona.

Eso era lo que se debía hacer: reflexionar. Medir las consecuencias de los atolondramientos; desconfiar de la propia energía.

—Ningún pez peligra tanto como el salmón cuando remonta el río.

Hasta el hombre se aprovecha de su cansancio.

—Siempre anda al acecho —les advirtió—, por eso ninguno de vosotros debería desafiarlo hasta alcanzar su tamaño.

Era la única forma de poder vencerlo.

Lo malo era que ningún salmón ya maduro se daba cuenta de aquella realidad. Por eso, en cuanto escuchaban la llamada del río corrían alocados hacia su muerte.

—Todos los años ocurre la misma tragedia. Nadie escarmienta. Nadie recuerda mis enseñanzas. Debéis luchar contra vuestra mala memoria.

Eso era lo esencial: recordar. Renunciar al engaño. Convencerse de que llegar al remanso no era llegar al glaciar.

—Nunca puede haber metas constructivas donde sólo impera la destrucción.

Y su voz llegaba convincente hasta los rincones más apartados del río.

A pesar de todo causaba cierta inquietud verlo tan seguro de sus ideas. Nunca hasta entonces los bicales y los esguines de aquel lugar habían escuchado unas teorías tan opuestas a lo que siempre se les había inculcado. Era lo mismo que si Trueno se empeñara en modificar el curso de las aguas, o transgredir la sucesión de las estaciones.

Pero sus palabras convencían: se metían pez adentro y ninguno de ellos se atrevió a llevarle la contraria.

12

POTÁMIDE FUE la primera en reaccionar.

—Está mintiendo. Trueno es un gran vitelo de mentiras.

Lo dijo muy quedo para que sólo Patricio pudiera oírla. Pero la reacción de Patricio fue inesperada.

—No deberías hablar así del pez más importante del río.

—Nada puede ser más importante que dar la vida a otros peces.

Lo creía firmemente. Lo había creído desde que allá, en el remanso, supo por primera vez que sus padres habían muerto para que ella pudiese nacer.

—No es justo violar el orden de la Naturaleza.

Eso era lo que siempre se había dicho:

"Los salmones deben cumplir su destino."
Lo demás era desafiar los elementos, debilitarlos, atacar traidoramente la verdadera razón de la vida.

Pero a Patricio los argumentos de Potámide no le convencían.

—Retrasar el desove no supone renunciar a él.

—Nada de lo que ocurre a destiempo escapa al deterioro —respondió ella tajante.

Patricio se preguntó entonces si también los otros peces pensaban como Potámide. Era difícil averiguarlo. Silenciosos y circunspectos, lo único que hacían era contemplar fijamente a Trueno como si estuvieran magnetizados.

—Afortunadamente, cuando lleguen al mar, olvidarán pronto todo lo que están oyendo —siguió diciendo ella.

Los salmones eran así: desmemoriados. Lo único que los guiaba era su instinto. Un instinto invariable y tenaz como una memoria de emergencia.

Poco a poco la tarde fue engullida por la noche, no obstante Trueno continuaba hablando como si las horas no contasen para él.

Así los sorprendió la noche. Era preciso recogerse, dormir, madurar en sueños todo lo que Trueno les había expuesto.

—Ni siquiera hemos comido —dijo ella—. Un día perdido, un día desaprovechado.

—No todo se reduce a alimentarse de insectos —contestó él con aspereza.

Nunca hasta aquel momento se había atrevido él a dirigirse a ella con tanta irritación y desenfado.

—Es como si Trueno te hubiera envenenado —le reprochó.

—No hay peor veneno que aferrarse a unas costumbres caducas.

Se lo dijo con violencia, como si los modales y la ternura jamás hubieran presidido sus relaciones.

—Y eso es lo que hacéis las hembras: envenenaros de límites.

Lo malo era el tono con que le hablaba; la forma brusca con que lanzaba sus reproches.

—Ya va siendo hora de ensanchar los horizontes.

Potámide guardó silencio: "Probablemente el hambre le obliga a desvariar", pensó.

Pero aquella noche, antes de que Patricio se recostara a su lado, escondió el rostro en la grava y fingió que el sueño la vencía para disimular su tristeza.

* * *

Pensamientos de

Potámide no pudo dormir. Se lo impedía el recuerdo de aquel pez monstruoso hablándoles de la fuerza, del poder, de la necesidad de renunciar a la danza. ¿Cómo convencer a Patricio de que Trueno no tenía razón?

Lo que más le dolía era evocar sus reproches; su manera desconsiderada de tratarla, su displicencia, su distanciamiento.

De vez en cuando el sueño la vencía, pero sus efectos duraban poco. El propio terror la despertaba de nuevo.

Y los reproches volvían. Era igual que introducirse en un río que estuviera a punto de secarse. Algo sofocante que le impedía respirar con normalidad: "Como el día en que la piedra aplastó mi cuerpo." Sólo que Patricio ya no podía salvarla, porque la culpa de aquel ahogo la tenía él.

De nuevo la amenaza de la soledad. Y el miedo. Un miedo desequilibrado por todo lo que le aguardaba.

Era difícil luchar contra las ideas. Se podía luchar contra las piedras, contra los aludes, contra las corrientes, e incluso contra los peces enemigos. Pero luchar contra las ideas era sin duda alguna aceptar de antemano la derrota.

Su insomnio se lo estaba diciendo. Había insomnios así: despiadados y rotundos. Insomnios clarividentes que nunca engañaban.

Y aquella noche el de Potámide fue implacable, sin futuro, sin más claridad que la que se desprendía de la luminaria seca que a duras penas conseguía traspasar el agua del río.

Lo cierto era que Patricio nunca había estado tan lejos de ella como aquella noche; ni siquiera cuando aún no se conocían: "Tal vez al llegar el día", pensó para darse ánimos.

Pero en el fondo algo le estaba diciendo que el día nunca iba a llegar para ella; que, en adelante, todo iba a ser como una larga noche sin esperanzas.

* * *

Amaneció nublado. Era una forma especial de niebla. Igual que si el sol se hubiera cubierto de un polvillo gris; una niebla impotente; incapaz de convertirse en lluvia.

Pero en seguida, más que polvillo, aquella niebla fue plomo para Potámide: Patricio, probablemente en uno de los cabeceos que habían presidido sus pesadillas, se había marchado del refugio.

Fue una sensación amarga, como si las aguas de todos los ríos se desplomasen sobre ella.

Su primer impulso fue correr tras él, suplicarle que regresara y pedirle disculpas por haber puesto en duda la doctrina de Trueno.

Pero en seguida comprendió que sus

esfuerzos por recobrarlo iban a ser estériles. Sobre todo cuando lo descubrió allá en lo alto del río, contemplando absorto (como el día anterior) el descomunal cuerpo de Trueno y escuchando nuevamente sus disquisiciones sobre la supuesta insensatez de los salmones normales.

Era preciso admitirlo: Patricio ya no era el esguín que ella había conocido. Al menos no se parecía al pez que le había salvado la vida. Trueno se había encargado de transformarlo.

Lejos quedaba ya la larga cadena de sutilezas que durante tanto tiempo los había unido: el viaje al remanso, los sueños de morir juntos, la promesa de no abandonarse jamás: "Acaso cuando Trueno se vaya todo vuelva a ser como antes", se decía a sí misma para darse ánimos.

Necesitaba agarrarse a cualquier asidero para no morirse de pena.

* * *

Pero ya nada fue como antes. De pronto surgieron las discusiones, las indirectas, las acusaciones imprevistas.

—Te has dejado influir por un loco —le reprochó ella en cierta ocasión.

Y Patricio encajó mal la diatriba.

—No hay mayor locura que la del despecho —contestó furioso.

Era como si necesitara insultarla, como si lejos de sentirse unido a ella sólo se considerase encadenado.

Y los días transcurrían orillados de todo lo que hasta entonces los había convertido en un solo pez.

Se acabaron los juegos, las luchas por agenciarse alimentos, las confidencias, los proyectos de felicidad.

Y por más que Potámide se esforzaba, la estabilidad entre ellos no volvía. Trueno debía de tener razón cuando dijo que aquello que muere ya nunca puede recuperarse.

Allí estaban ellos para evidenciarlo con

su muerte particular aislándolos al uno del otro y su bella historia despedazada.

Nada podía hacerse ante aquella muerte irreversible. Sólo intentar soportar frases mordaces, miradas hirientes, actitudes adversas que distanciaban y desunían.

Después llegó la fase del silencio. Era un silencio chillón que lo dominaba todo. Resultaba imposible destruirlo. A veces los silencios podían gritar, herir y dominar la propia vida como si tuvieran garras.

No tardaron mucho en separarse.

* * *

Fue un acontecimiento que no pudo pasar inadvertido.

—Patricio y Potámide ya no viven juntos.

Y durante varios meses no se habló de otra cosa entre los habitantes del río alto.

Resultaba insólito verlos deambular a solas tan ajenos el uno al otro.

—Parecen almas en pena.

Lo eran. Ninguno de los dos lograba adaptarse al discurrir de los demás.

—Llevaban demasiado tiempo unidos.

No podían acostumbrarse a verlos tan distantes y tan desorientados.

A pesar de todo ni él ni ella trataron de reanudar las costumbres perdidas. Había derribos que jamás se reconstruían; frases hirientes que nunca se podían borrar.

A veces algún bical malintencionado se llegaba hasta Potámide para confundirla con sus preguntas.

—¿Dónde has dejado a tu compañero?

Entonces ella, para defenderse, se agarraba a los argumentos que los peces habían esgrimido anteriormente.

—Ningún salmón sensato busca compañera hasta que le llega la hora de danzar con ella.

Lo decía con aplomo, como si todo lo que le había unido a Patricio fuera simple espuma; una absurda pantomima para dar que hablar.

—Ya iba siendo hora de independizarse.

Y se alejaba de su interlocutor, la congoja velada por el orgullo, como si lo único que le importara fuera salvar su dignidad.

Pero ello no impedía que de vez en cuando se encontraran.

Eran encuentros fugaces, desangelados, como si se tratara de dos esguines cualquiera.

De nada valía que la chispa del interés los mantuviera unos instantes petrificados. La chispa se esfumaba en seguida y de nuevo la desconfianza se apoderaba de ellos.

Incluso en dos ocasiones llegaron a disputarse una presa. Era lo establecido; lo que siempre se había esperado de un aspirante a bical.

Pero... No comprendo que deseen de donde se encontraban.

Nunca encontraron nada, una manzana de oro... se trata de unas cuantas onzas de escoria...

Derrochaban, pues, cinismo. la mirada de Osambúa era una brasa en la penumbra. El ojo parecía mirarse en seguida y de nuevo la desconfianza y la esperanza de ellos.

...Indicó en tales proporciones la gratitud y las palabras que no Franck enternecido, lo que siempre se había esperado de un semejante... Dejó...

13

TAL COMO SE HABÍA PREVISTO, al apuntar los fríos llegó a las aguas de cabecera la gran manada de peces adultos que esperaban aparearse.

Iban exhaustos y jadeantes porque el viaje había sido muy largo y la lucha por sobrevivir los había desasistido de reservas y energías.

Lo peor era que muchos de aquellos salmones se habían quedado en el camino.

—Los rebotes del agua los lanzaban contra los pedruscos de las orillas —explicaban.

Sin embargo, aunque enflaquecidos y con la grasa que habían acumulado en el mar prácticamente agotada, ninguno de ellos se arrepentía de haber remontado el río. Parecía como si lo único que les importara fuera alcanzar la cima, recuperar las aguas originarias e introducirse cuanto antes en el lugar de su nacimiento.

Muchos de ellos explicaban su odisea. Eran relatos impresionantes que erizaban las escamas y amargaban el sabor del agua.

—Era lo mismo que morder la muerte, sacudirla y vencerla.

Todo había sido duro; las palizas que habían recibido de los pedruscos desprendidos, los terribles lanzamientos contra las zonas secas, los sofocantes rebotes de los golpeaderos.

Aquellas explicaciones exasperaban a Patricio.

—Os habéis vuelto locos.

Pero ningún pez le hacía caso.

Eso era lo que más le sorprendía: su total falta de reacciones. De nuevo intentó ponerlos en guardia.

—Todavía estáis a tiempo de salvaros —les gritó—. Regresad al mar antes de que sea demasiado tarde.

No obstante los peces no reaccionaron.

Ninguno de ellos parecía hallarse en condiciones de comprender que su hazaña podía costarle la vida.

—Es un disidente —comentaban entre ellos—, no hay que prestarle atención.

Algunos incluso se atrevieron a enfrentarse con él.

—No sabes lo que estás diciendo, Patricio; regresar al mar ahora sería claudicar, traicionarnos, desvirtuar nuestra condición de salmones.

Parecía como si se sintieran orgullosos de lo que acababan de hacer.

—Pero vais a morir. Ningún pinto soporta el agotamiento de la danza.

Era inútil. ¿Por qué hablar de muerte cuando todo rebosaba vida?

—No tienes derecho a mencionar la muerte —le contestaron.

Era como mencionar los desbordamientos cuando en el cielo brillaba el sol.

* * *

En seguida empezó la búsqueda de las parejas. No había tiempo que perder: las horas fluían rápidas y el instinto apremiaba.

Pronto comenzaron los desafíos, los requiebros, los desplantes. Lo esencial era encontrar la hembra apropiada, pero no todas coincidían con los gustos de los machos que las solicitaban. También ellas querían que su pareja fuera la mejor.

Hubo luchas. Luchas despiadadas. No había misericordia para los salmones rivales. Por eso muchos de ellos quedaron deteriorados para siempre. Pero se trataba de heridas victoriosas porque, en el fondo, los salmones que peleaban sabían que perder la batalla en aquellas condiciones, era una forma de ganarla.

Lo extraño era que las fuerzas volvían. Ya no eran peces famélicos y descorazonados. Repentinamente todos ellos parecieron revestirse del vigor de Trueno, el valor de Trueno, la tremenda majestad de Trueno.

Hasta Patricio tuvo la impresión de que

aquellos luchadores recobraban fuerzas. Parecía como si el hecho de luchar les confiriera energías.

Poco a poco las aguas comenzaron a dibujar anillas. Eran circunferencias perfectas, simétricas y remolinantes. Parejas bien acopladas que daban vueltas vertiginosas en un continuo revolotear.

Y el río fue de nuevo como una gran fiesta, una extraña fiesta de peces danzantes, enamorados, totalmente inmersos en su felicidad.

* * *

Así pasaron dos días. Dos días eternos, sin interrupciones ni pausas. Dos días con sus respectivas noches, cuajadas de promesas conseguidas y compenetraciones perfectas.

Dos días sin cansancio, ni hastíos, ni la menor sombra de arrepentimiento.

Patricio se desesperaba.

—Están buscando su ruina.

Pero nadie le respondió porque los bicales y los esguines se habían esfumado y sólo él continuaba allí, contemplando, asustado y tembloroso, el increíble espectáculo de la danza.

14

Lentamente las anillas fueron disolvién-
dose y las parejas, todavía embriagadas por
el embrujo de la danza, comenzaron a coletear sobre la grava del remanso para preparar los surcos que debían acoger las
huevas.

Después vino el desove. Un desove continuo de motas transparentes y rojizas que
daban luminosidad a los nidales y dejaban
sobre la arena reflejos de luces sangrantes.

Luego fue la fecundación de los machos:
un constante mugar sobre las mil motas de
futuras vidas.

Y en seguida los urgentes coleteos de
ambos para cubrir los surcos y de ese modo
evitar que el enemigo pudiera devorar las
crías.

Después llegó el descanso.

Fue denso, agobiante. Una especie de descanso impenitente, como de pez abandonado a sí mismo.

Nada en aquellos salmones recordaba ya al glorioso pinto recién llegado del mar.

El desgaste de todos ellos era muy grande y sus esfuerzos por sincronizar con el fluir del agua se iban esfumando poco a poco.

—Estáis acabados —volvió a gritarles Patricio.

Sin embargo probablemente ninguno de aquellos peces creía que aquello era el fin.

Lo único que todos comprendían era que se debía descansar; recuperar el aliento y tratar que las ondas de sus resuellos compaginaran con las ondas del agua.

Sólo unos pocos tuvieron conciencia de que si permanecían inactivos el peligro de morir de inanición podía ser irreversible.

Y armándose de valor comenzaron a nadar camino de la corriente, aún a costa de acelerar el desgaste.

—No lo conseguiréis.

Se lo dijo con rabia, como si no pudiera perdonarlos que hubieran actuado de un modo tan irresponsable.

—Ninguno de vosotros podrá recuperar el mar.

Pero la terquedad de los zancados era muy grande.

—Debemos intentarlo.

Probablemente confiaban en la voluntad. Aquella voluntad gigantesca que les había permitido remontar el río.

—Bastará con que nos dejemos arrastrar por el agua.

Pero el vigor flaqueaba, la estabilidad se perdía y los esfuerzos por desplazarse se volvían estériles.

—Os lo advertí —exclamó Patricio—. La danza es implacable.

Era ya tarde para reparar el yerro; sus protestas se perdían entre los lamentos de los peces que pretendían sobrevivir y los arrobos triunfantes de los que aún danzaban.

Hasta que por fin cayó sobre el remanso un silencio devorador. Algo así como una especie de mordaza.

Y las aguas de cabecera se convirtieron instantáneamente en un poblado de moribundos.

* * *

Casi parecía imposible que en tan breve tiempo hubiera podido producirse un cambio tan acentuado.

Patricio intentaba en vano recomponer en su memoria la euforia recién vivida; aquellos peces ya no existían. Sólo existían unos peces súbitamente envejecidos; máscaras grotescas de lo que habían sido, incapaces de moverse con soltura y decididamente entregados a su ancianidad.

Parecía como si todo lo que él había observado hacía sólo unos instantes hubiera ocurrido en otro lugar, con otros protagonistas.

Sin embargo estaban allí, desfigurados, los cuerpos descarnados, las escamas heridas, las branquias prácticamente inactivas y los ojos cada vez más cegados.

112

—Os lo advertí —repitió Patricio—. No quisisteis hacerme caso y ahora vais a morir.

No le contestaron. No podían. Desprovistas de tejidos, las mandíbulas de aquellos peces carecían ya de articulaciones y los palatinos agujereados les sofocaban la voz.

—Habéis luchado por una causa perdida.

Pero fue como si hablase al vacío. Ninguno de aquellos rostros de facciones disecadas y expresiones envilecidas se volvió hacia él.

Sólo uno de ellos tuvo bastante coraje para responder:

—Hemos cumplido con nuestra obligación.

Lo dijo como si el estrago del que era víctima no le importara. Nada debía de importar cuando se llegaba a extremos tan lamentables.

Pero, ¿a qué clase de obligación se refería? ¿Al de seguir su instinto? ¿Al hecho de poblar el río de alevines? ¿Al de satisfacer su nostalgia de los glaciares perdidos?

Era imposible saberlo.

Lo único que Patricio sabía con certeza

era que él jamás caería en la tentación de morir joven. Él sería como Trueno. Y se olvidaría de la danza, de las hembras, de los remansos engañosos; de todo lo que conducía a la desolación y a la muerte.

15

Súbitamente recordó lo que había ocurrido hacía ya mucho tiempo en la desembocadura del río. Fue un acontecimiento pavoroso que todavía se evocaba con verdadero terror.

Lo llamaron "la enfermedad del hombre" y mientras duró en todas las comunidades de salmones no se habló de otra cosa.

Afortunadamente aquella enfermedad no había llegado a afectar a los salmones del río alto, pero durante varias lunas vivieron en ascuas pensando en lo que podía ocurrir si la enfermedad se extendía.

Comenzó en los fragüines, allá por los menguantes, de una forma inesperada.

Al parecer, el hombre, en uno de esos arre-

batos furiosos que a veces producían catás-
trofes, lanzó al río inmundicias corrosivas
que los peces más cercanos no pudieron
soportar.

Eran líquidos perniciosos que hicieron
barbotear el agua de sabores putrefactos.
Algo que hasta entonces no se había experimentado en aquellos cauces.

Fueron pocos los peces que pudieron
escapar a la matanza; únicamente los que se
decidieron a nadar río arriba llegaron a
salvarse.

Sin embargo la mayor parte de ellos
quedó allí, las panzas hinchadas, los ojos
velados por cegueras irreversibles.

Pero aunque se trató de una experiencia
inolvidable, todos sabían que aquella hecatombe no había sido buscada por los propios peces. Se trató sólo de un exterminio
esporádico que nada tenía que ver con la
extinción buscada y consentida de los salmones danzantes.

Lo intolerable para Patricio era correr
tras la muerte, salirle al encuentro por el
simple placer de jugar con ella.

Y eso era lo que habían hecho las parejas

que se habían apareado: "Debemos cambiar
los esquemas."

Trueno tenía razón. No era lógico sucumbir voluntariamente como si el hombre los
envenenara.

que a la aqueado. Debemos saltar
de cualquier.

Desde ahí... Ñora lo que ...
en definitivamente como el el tumbo, los
amantes.

16

A PARTIR DE AQUEL DÍA la idea de trasladarse al mar fue una verdadera obsesión para Patricio.

Convertido al fin en un bical completo, las dimensiones del río alto iban resultándole demasiado angostas. Todo era pequeño: los cauces, la distancia que mediaba entre el fondo y la superficie, la gruta de su refugio; nada respondía a las exigencias de su tamaño.

Además los insectos ya no constituían para él un alimento codiciado.

Precisaba algo más; algo que en el río jamás podría encontrar.

A Potámide ya nunca la veía. A veces sin saber por qué se acordaba de ella. Era un recuerdo fugaz, como si más que existir la hubiera soñado.

Ello no impedía que en algunas ocasiones algunos bicales la mencionaran.

—Potámide está triste.

Se lo decían, sobre todo, para ver cómo reaccionaba. Pero Patricio no se dejaba manipular por los otros peces.

—No debería estarlo. Pronto tendrá que marcharse al mar.

Ni siquiera se daba cuenta de que lo que para él era un motivo de regocijo, para ella podía ser únicamente una implacable necesidad.

Algunas hembras, dolidas, le echaban en cara su comportamiento.

—Potámide no merecía tu abandono.

Él se defendía esgrimiendo argumentos vagos sobre la necesidad de la inconstancia.

—Es preciso evolucionar. No se puede vivir siempre de ilusiones.

Y les echaba en cara su falta de flexibilidad y su inmovilismo.

—Os habéis aferrado a unos ideales caducos —les reprochaba.

Y se alejaba de ellas lo más rápidamente posible.

* * *

Pero una mañana le comunicaron que Potámide se había marchado.

Fue una noticia imprevista que por unos instantes llegó a convulsionarle.

—No debió hacerlo; era prematuro.

Todos sabían que era peligroso abandonar el río en solitario.

—Debió unirse a la manada.

Pero el pez que le había dado la noticia no le regateó verdades.

—Seguramente por eso se ha marchado. Tal vez quiere morir.

Era una forma de acusarle, como si en realidad el responsable de su muerte fuera él.

—Debió de enloquecer.

Se lo decía a sí mismo para convencerse de su inocencia. No podía soportar la idea de haberla empujado a morir.

—Sólo los bicales locos se atreven a bajar por el río en solitario.

* * *

Poco a poco se fue formando la expedición que debía trasladarse al mar.

Por aquellas fechas las aguas de cabecera estaban ya limpias de peces muertos y los alevines de la nueva generación acababan de surgir de la grava para poblar los remansos de los manantiales.

—Prepárate, Patricio: el viaje va a ser muy largo.

Y estaba lleno de trampas. Sobre todo las que utilizaba el hombre.

—Si tienes hambre procura rehuir los alimentos que vayas encontrando en el camino —le advirtieron—. Son cebos que el hombre lanza al río para cazarnos.

Lo mejor era despreocuparse del apetito y no saciarlo hasta llegar al mar.

De cualquier forma el viaje no iba a ser cansado. Ni siquiera había que hacer esfuerzos para nadar.

—Bastará con que te dejes arrastrar por la corriente.

Incluso las cascadas resultaban inofensivas cuando se enfilaban río abajo.

—Lo esencial es no arredrarse.

Y continuar unido al grupo. No desperdigarse. Formar siempre parte del bloque.

—Es la única forma de no dejarnos atrapar por los imprevistos.

Las despedidas fueron aparatosas. Siempre ocurría lo mismo cuando se organizaban expediciones.

Para los esguines aquello era un espectáculo. Les gustaba mucho ver a tanto bical reunido. Era como verse a sí mismos cuando crecieran.

—A tu regreso habrás cambiado tanto que ya no te conoceremos —le dijeron a Patricio.

Y añadieron que los peces como él, decididos y valientes, se transformaban en seguida en salmones fornidos. El traslado a las aguas salobres solía ser siempre muy gratificante.

—Allí encontrarás arenques, lanzones, peces pequeños, crustáceos.

Todo lo que un bical necesitaba para medrar.

—Dos años de estancia en el mar serán suficientes para ti.

A punto estuvo de responderles que él no pensaba remontar el río tan pronto. Pero no quiso desilusionarlos.

—Quizás cuando regrese vosotros ya no estéis aquí —fue lo único que dijo.

No tardaron mucho en dejarse deslizar por el río. Iban silenciosos, emocionados; los proyectos de cada uno de ellos propiciando su estabilidad.

De vez en cuando se detenían. Precisaban descansar. Generalmente solían refugiarse en el hueco que formaban las cascadas o en las planicies de arena que ofrecían las grutas de los recovecos.

Entonces dormían. Apelotonados. Protegiéndose los unos a los otros de las corrientes adversas y de las piedras rodadoras.

Así transcurrieron varios días; retirándose tarde y amaneciendo temprano: el ánimo cada vez más exaltado por el deseo de llegar.

No comían. Lo tenían prohibido. Comer

en aquellas circunstancias podía suponer caer en una trampa.

Pero sus cuerpos no menguaban porque la ilusión los alimentaba.

Por fin, cuando menos lo esperaban, el salmón que los guiaba les comunicó que la desembocadura estaba ya muy cerca.

Y los obligó a saltar por encima de las cascadas para que pudieran ver el indómito culebreo de la ría.

Se trataba de un cauce enorme que se dirigía basculante y encrespado hacia la inmensidad de un líquido azul que parecía no tener fin.

—El mar.

Estaba allí, denso, mutable, defendiéndose feroz contra el agua dulce que lo invadía.

Era una pugna implacable; un choque violento entre dos oleajes contradictorios.

—Deberéis hacer un gran esfuerzo para sortear esa zona —les advirtió el guía.

De lo contrario los peces podían verse arrollados por los remolinos.

* * *

Supieron que estaban en la ría por el sabor del agua y por aquellas olas alargadas que los empujaban hacia las afueras.

Fue un empujar vertiginoso contra el que ningún bical pudo luchar.

De pronto se produjo el choque. Brusco. Furioso. Las agallas se llenaron de sal y los cuerpos comenzaron a bascular como impulsados por azotes implacables.

Nadaron entonces hacia los fondos buscando hondonadas para protegerse del impulso marino.

Después, aprovechando la retirada de las olas, se introdujeron con brío hacia el final del viaje.

* * *

En seguida surgió la calma. Una calma extraña, mazacota y basculante.

—Hemos llegado.

Lo comprendieron sobre todo porque había cesado la ira de las aguas en pugna.

De pronto surgieron las dunas arenosas, las algas danzarinas, las corrientes calientes y los mil peces desconocidos dándoles la bienvenida.

—El trayecto se ha terminado —les comunicó el guía.

Empezaba otra vida. La de los sueños realizados. La única vida que no tenía fin.

17

PERO EL DESCONCIERTO no tardó en llegar; nada en aquel lugar recordaba el fluir armónico y familiar del río. Todo era grandioso y disparatado.

Ni siquiera la superficie del agua era apacible. Algo que no se sabía definir la iba rasgando continuamente como si quisiera herirla.

Se trataba de unas masas enormes que flotaban sobre el agua mientras sombreaban los fondos de tinieblas movedizas. Eran como peces sin vida, ruidosos, veloces. Peces que deambulaban impulsados por una extraña fuerza que ningún bical comprendía.

—Son los vehículos del hombre —le informaron.

Atronadores artefactos que rompían la piel del agua sin miramientos, mientras dejaban tras ellos un sabor amargo que sofocaba.

—No es conveniente que os acerquéis a ellos. Podrían heriros.

Tampoco aquellas criaturas de aletas enormes y extendidas que surcaban el aire de la fracción seca resultaban recomendables.

—Se aprovechan de nuestra buena fe para atraparnos.

Y les aconsejaron que procurasen rehuir la superficie.

—De pronto se convierten en patos y arrollan a los peces que encuentran a su paso.

También las transparencias del mar eran distintas a la de los ríos. Sobre todo junto a la orilla, allá donde la arena se fundía con el oleaje.

—Hay que refugiarse en los arrecifes.

Pero ¿dónde estaban los arrecifes?

—Un buen arrecife es el mejor lugar para sobrevivir.

Al parecer, allí el hombre no se acercaba.

—Corren el riesgo de zozobrar con sus flotadores.

Además en los arrecifes había comida. Todo lo que un bical necesitaba para convertirse en salmón.

Eso era lo que precisaban: comer, engañar el vacío de sus entrañas. En realidad el cansancio que sentían debía de ser eso: hambre; un hambre aguda que a toda costa debía saciarse.

Pero el arrecife más cercano parecía estar muy lejos de la desembocadura.

—Hay que nadar mar adentro.

Entonces Patricio comprendió que tampoco en el mar la vida iba a resultarle excesivamente fácil. ¿Cómo encontrar el arrecife? ¿Dejándose guiar por el instinto? ¿Olfateando insistentemente hasta dar con el alimento deseado?

Era duro afrontar el mar. Era todavía más duro que afrontar el río después de haber perdido el vitelo.

De nuevo la sensación de desamparo, de sentirse solo en medio de una multitud egoísta y desnaturalizada.

De pronto se acordó de Potámide. ¿Qué

habría sido de ella? Era doloroso imaginarla perdida y sola en aquella charca de hostilidades. Pero era todavía más doloroso suponerla muerta: "No debí separarme de ella."

Y la sensación de culpa volvía. A veces el hambre podía avivar los sentimientos más rezagados.

* * *

Llegaron al arrecife cuando el sol se escondía y el mar se tintaba de azules intensos. Sin embargo allí las aguas eran transparentes y limpias como si la luz que se filtraba por los resquicios de los corales las purificaran.

Era igual que una ciudad. Una ciudad submarina bien abastecida y perfectamente ordenada: crustáceos, mariscos, holoturias, gusanos, esponjas; todo allí cumplía una función precisa, perfectamente coordinada.

Fue un alivio grande saciar el hambre que venían arrastrando.

Ya lo decía Trueno: "El mar es el gran recurso de la Naturaleza." Nada en el mundo, ni siquiera los ríos más fértiles y poblados, podía compararse a él: "Hasta el hombre suele basar en el mar la mejora de su especie."

Trueno no mentía. Nunca les había mentido.

Sí. He siquiera trazos tus faldas y
poblado, anda, contacto... ... el rastro
nombre sude bien, en llanto la nieve p...
se repite.

Pero no sé nada. Nunca lo sabrá
nada, así.

18

LA VIDA EN EL ARRECIFE fue placentera para Patricio y sus hermanos.

Aunque al principio aquel lugar le pareció un laberinto, no tardó mucho en familiarizarse con sus recovecos, sus grandes plazas de agua saneada y sus grandes torreones de cortantes corales.

Era agradable estar allí. Los alimentos eran profusos y su cuerpo se desarrollaba casi vertiginosamente.

Luego estaba el paisaje: aquella vasta llanura que se perdía en la lejanía: "Algún día también yo recorreré esa llanura", se decía con frecuencia.

Era ya una obsesión. Sobre todo cuando asomaba el naciente o cuando surgía el crepúsculo con sus ristras de luna largas y brillantes temblando sobre la superficie.

Parecía como si una vibrante cadena de estrellas fuera señalándole el camino que debía seguir.

Apenas se acordaba del río. Y cuando lo hacía era para recordarlo como un lugar angosto y sofocante del que afortunadamente se había liberado.

Nada era ya más importante para él que aquel mar multifacético donde todo podía ser posible.

Resultaba apasionante saber que pronto, muy pronto, podría recorrer aquel camino de estrellas, independizado, libre y dueño de sí mismo. Y descubrir de verdad todo lo que únicamente conocía de oídas; cantiles, múcaras, bajíos. Lugares misteriosos que sólo los peces grandes podían recorrer sin temor.

Pero lo que más le atraía era contemplar desde su refugio aquellas calas cercanas, siempre golpeadas por los rompientes: "No tardaré mucho en perderlas de vista." A pesar de su belleza, necesitaba alejarse de ellas, comprender que ya no las precisaba. Y es que, en cierto modo, también la ciudad

coralina se le iba volviendo estrecha e in-
cómoda.

* * *

Por fin, cierta mañana Patricio decidió
abandonar el arrecife y adentrarse en los
ámbitos desconocidos.

Fue una decisión repentina motivada
exclusivamente por su instinto.

Primeramente se dirigió a las calas
abruptas, allá donde el agua horadaba las
rocas. Pero también muy pronto aquellos
parajes se le volvieron pequeños. Entonces
los abandonó para recorrer las frías zonas
que conducían a los poblados lejanos.

Fue un constante deambular que lo llevó
a muchas millas de la desembocadura. Descubrió acantilados profundos, planicies de
arenas claras, bosques de algas fosforescen-
tes, bosques de arbustos gigantes, anémonas
rosadas y lirios espigados de brazos ondulantes.

Y desafió el paso de los cetáceos y el acecho de los tiburones. Y conoció toda la gama
de las especies marinas; aquellas que True-

137

no les había descrito en su breve visita al río: medusas, serpientes, estrellas, pulpos: criaturas insólitas que poco a poco dejaron de producirle temor.

Porque Patricio ya era un pez considerable: un salmón fornido que sabía defenderse del acecho de sus posibles depredadores con la maestría de los peces experimentados. Por eso, más de una vez, aceptó el desafío de las criaturas hostiles que se atrevieron a retarle.

Así fue adquiriendo cicatrices, pero jamás se dejó vencer por el enemigo.

Incluso en alguna ocasión, él mismo provocó la pelea. Necesitaba convencerse de que su carrera de salmón ancestral iba por buen camino.

Pero jamás lo pillaron desprevenido porque llevaba ya mucho tiempo ejercitándose en las artes marciales y poco a poco se había ido convirtiendo en un pez ágil con reacciones rápidas y reflejos activos.

Además aprendió idiomas. Era imprescindible conocerlos si se quería atravesar el mar sin extraviarse. Se trataba de nuevas fórmulas de comunicación; sistemas para esta-

138

blecer contactos con peces que, a simple vista, podían despertar recelos.

Y tuvo conciencia de que todo aquello iba enriqueciéndole de experiencias: ya nunca se aburría, ni se sentía solo, ni echaba de menos a sus hermanos del río.

Por eso, cuanto más tiempo pasaba, más se iba convenciendo de que lo esencial, para él, era quedarse en el mar.

* * * *

De vez en cuando se topaba con masas errabundas de peces marginados; eran peces tristes, como enfermos de melancolía.

Sin duda se trataba de seres marcados por alguna desgracia imprevista; algo que el optimismo de Patricio no podía aceptar. Por eso, cuando los atisbaba, en seguida se acercaba a ellos e intentaba comunicarles su euforia.

Inmediatamente les hablaba de la destrucción de los glaciares y les contaba que los salmones, allá en el túnel de lo remoto, se habían visto obligados a abandonar su patria.

—Sin embargo llegamos a sobrevivir.

Afortunadamente en el mar había sitio para todos.

—Sin embargo, para nosotros, el mar no deja de ser una patria prestada.

Y hacía hincapié en la suerte que habían tenido al nacer allí.

—Al menos vosotros no os veis obligados a emigrar.

Pero los peces melancólicos no le hacían mucho caso. Todos sabían que Patricio era un vulgar emigrante; una de esas criaturas algo palurdas que se alucinan ante cualquier novedad.

Y continuaban su trayectoria dejándolo allí, con sus discursos algo pedantes sobre la necesidad de mostrarse alegre.

Por lo contrario, alguna vez se topaba con manadas de peces payasos; trezas nerviosas y alocadas que sólo pensaban en divertirse.

Entonces se enfrentaba a ellas y les reprochaba sus frivolidades y su manía de andar realizando piruetas.

—Hay que ser más consecuente.

Pero tampoco aquellos peces lo escuchaban y se alejaban de él, tal como removiendo el agua con sus cabriolas.

No obstante los chascos que Patricio recibía de los moradores marinos no le afectaban demasiado. Era su forma de adquirir experiencia.

Poco a poco, dejó de intervenir en las conductas ajenas. Lo esencial era estar de acuerdo consigo mismo. Y aprender. Extraer del mar todo lo que en el río jamás hubiera podido conocer.

Del hombre apenas le hablaban. Sólo lo mencionaban de tarde en tarde, cuando se les veía descender en busca de no se sabía qué clase de aventuras.

También ellos nadaban a grupos, disfrazados de peces negros e iluminando los fondos con unas grotescas cabezas llenas de luz. Lo extraño era que allá, en lo más remoto del mar, los hombres no parecían preocuparse por los peces de verdad. Era como si no existieran.

Lo único que les importaba era escudriñar los fondos, allá donde yacían las ruinas de algún flotador naufragado. Eran masas enormes de objetos oxidados, cubiertos de costras blancas y mohos verduscos que, de vez en cuando, se encontraban olvidados en las arenas costeñas.

Resultaba curioso verlos hurgar los adarces como si se tratara de seres vivos.

—¿Qué andarán trajinando?

Algunos peces, conscientes de que no iban a ser atacados por ellos, solían rodearlos para ver cómo removían los fondos. De pronto alzaban algún objeto y se lo llevaban a la superficie con la misma codicia que si hubieran descubierto un tesoro.

—Deben de ser cazadores de huellas.

Animales insólitos que probablemente se alimentaban de objetos muertos o dormidos.

Ninguno de ellos concebía que algún ser pudiera hacerse con una presa si no era para alimentarse.

Por eso los peces que los rodeaban no corrían peligro.

—Nosotros estamos vivos —se decían unos a otros—. No debemos temer que nos atrapen.

Y confiados, se acercaban al hombre para jugar con él.

19

PASARON DOS AÑOS. Dos años con sus días hostiles y sus días gloriosos, con sus tormentas y sus bonanzas, sus esperanzas y sus desalientos.

Fueron jornadas siempre distintas en las que hubo de todo; miradas desafiantes y miradas alegres, comportamientos adversos y comportamientos gratos. Y Patricio tuvo ocasión de conocer peces confiados, asustadizos, retraídos, valientes, provocativos, amables, intransigentes y risueños.

Así acumuló experiencia. También adquirió sabiduría.

Pero cuando le pareció que ya lo había conocido todo, comenzó a echar de menos su espíritu aventurero de los primeros tiempos.

Ya nada le impresionaba. Era como si también el mar se fuera achicando.

Entonces se acordó del río. Y fue lo mismo que si una ráfaga de agua fresca purificara sus ideas.

De nuevo evocó sus merodeos por las aguas de cabecera, sus apasionantes juegos con las piedras que el hombre lanzaba al río, la compañía de Potámide, sus discursos sobre la felicidad.

Y se dio cuenta de que todo aquello, aunque arrinconado, no había podido olvidarlo.

Bruscamente sintió nostalgia. No podía evitarlo. Era una nostalgia todavía vaga, pero persistente.

Intentó borrarla. Se repitió mil veces que la nostalgia nunca podía ser buena. Pero de nada le valió luchar contra ella. Era igual que un reproche; como si hubiera dejado algo pendiente que debía finalizarse.

Entonces se dijo que probablemente llevaba demasiado tiempo alejado de los suyos. Debía reconocerlo: la variedad de peces que había conocido no podía paliar la necesaria comunicación con sus semejantes.

144

Y obedeciendo a un impulso más fuerte que su voluntad, decidió regresar al lugar de la desembocadura.

Sabía que por aquellas fechas los pintos que vagaban por el mar debían reunirse allí.

El tiempo reglamentario se había acabado para ellos y probablemente se iba a formar la expedición prevista para remontar el río:

"Verlos otra vez —pensó—, sentirlos cerca."

Después despedirse de ellos para siempre.

Ya era invierno. Un invierno cerrado, de cielos apagados y lluvias abundantes. "La estación de *la llamada*." Una llamada que casi ningún salmón desoía. Probablemente pocos salmones iban a quedarse en el mar.

No encontró obstáculos en su camino de vuelta. El frío solía amortiguar las conductas belicosas de los peces gigantes y el agua era como un enorme glaciar derretido, pesado e inmóvil.

Lo cruzó con urgencia; quería llegar

cuanto antes a las calas cercanas al arrecife. Una vez allí, el trayecto hacia la desembocadura era corto, especialmente para un pinto de su tamaño.

Tuvo una gran alegría al divisar por fin los cada vez más horadados rompientes. Continuaban tal como él los había dejado, levantando espumas y succionando el agua.

Después distinguió la ciudad coralina. Parecía más pequeña. Y en seguida vio la comitiva de salmones que se dirigía con apremio hacia la boca de la ría.

Habían crecido tanto que casi no podía reconocerlos.

Pero estaban allí, nerviosos pendientes todos de aquella poderosa llamada que, al parecer, ninguno de ellos pretendía desoír.

Muchos, movidos por el entusiasmo, incluso intentaron escaparse para adentrarse en solitario en las aguas dulces.

Fue difícil retenerlos.

—No lo hagáis —les advirtieron—. Debéis esperar a que la expedición se haya completado.

Eran órdenes estrictas que se debían respetar. Pero la confusión crecía y la algarabía era cada vez más escandalosa.

A pesar de todo, fue un gran descanso volver a ver a los peces de su misma especie.

—Nunca imaginé que pudiera echaros tanto de menos.

Lo dijo gritando porque el alboroto de los coletazos y las exclamaciones de júbilo sofocaban cualquier otro sonido.

Nunca la desembocadura de la ría se había visto tan poblada y bulliciosa.

Parecía como si lejos de correr tras una muerte segura, aquellos peces se dispusieran a escalar las cotas más altas de la propia vida.

De nuevo Patricio se atrevió a aconsejarles que no se ofuscaran:

—Deberíais quedaros en el mar.

Pero los salmones no le hacían caso. La fuerza de la llamada estaba en ellos y no había forma de disuadirlos.

De pronto un salmón de mayor tamaño asomó impaciente entre la manada:

—Raro.

Casi no podía creerlo. Raro debió abandonar el mar el año anterior. Sin embargo estaba allí, frente a él; fusiforme, esbelto, convertido en un pinto extremadamente robusto.

—Has tenido valor para quedarte.

Fue un encuentro alegre, una de aquellas coincidencias capaces de resarcir de cualquier enojo.

—Te lo advertí. Voy a seguir los pasos de Trueno.

Era un gran consuelo saber que no estaba solo, que otro pez de su misma especie coincidía con sus teorías.

—Míralos —dijo Raro señalando a los pintos—. No saben lo que hacen. Son un hatajo de necios.

Daba por sentado que tampoco Patricio iba a remontar el río:

—Siempre pensé que no eras un salmón vulgar.

Le halagaba oír aquello. Raro era un buen amigo. Un amigo que jamás le había defraudado.

—La llamada está enloqueciéndolos —continuó diciendo—. No se dan cuenta de lo que van a hacer.

Patricio asintió, mientras contemplaba displicente el gran bloque de peces que taponaba la entrada de la ría.

—Ni siquiera se acuerdan de lo que les dijo Trueno.

—Los salmones tienen mala memoria.

Sólo unos pocos conseguían recordar. Los privilegiados. Los que no contemplaban la vida como un tonto proceso de reproducción.

Era gratificante ver a Raro tan seguro de sí mismo.

Luego estaba su tamaño. Parecía imposible que se hubiera convertido en un salmón tan considerable. Le impresionaba mucho contemplar la hilera de sus agudos dientes, su dorso azulado, su breve cabeza y su ventral plateado.

—El año que viene yo seré como tú —le dijo Patricio.

Y se reafirmó en su deseo de olvidar el río. No había otra solución. Era preciso ser un pez consecuente inmune a la falacia del instinto o del sentimiento.

—Si todos hicieran lo mismo que nosotros, los salmones conseguirían ser los peces más poderosos del mundo —le contestó Raro.

Y se alejó mar adentro para correr al encuentro de Trueno.

150

20

Patricio en cambio se quedó allí. En cierto modo le fascinaba ver cómo crecía la manada.

Aunque la conducta de los salmones no le gustaba, no dejaba de interesarle observar el fenómeno de la llamada.

Era lo mismo que observar al hombre cuando hurgaba en los fondos para hacerse con los adarces de sus flotadores naufragados.

Pasaban los días, pero ningún pez se apartaba del bloque. Parecía como si temieran que al alejarse de allí pudieran perder la ocasión de unirse a la expedición.

Ninguno de ellos pensaba sin duda en lo que les esperaba. Nadie barruntaba un fracaso. Ni siquiera les preocupaba el gran esfuerzo que debían realizar para nadar contra la corriente.

—Será como dar un paseo —decían.

Y se acuciaban los unos a los otros para que el ánimo no decayese.

Fue al cabo de cuatro días cuando descubrió que entre aquel cúmulo de criaturas ofuscadas se encontraba Potámide.

—Tú.

Era como una aparición, algo que viniera de un lugar muy lejano; como un rayo que lo fulminara, o como el choque de dos corrientes.

—No es posible.

Quedaron frente a frente, la sorpresa en la mirada, el gesto paralizado.

—¿Qué ha sido de ti durante todo este tiempo?

También ella se mostró impresionada. No podía disimular su sorpresa.

—¿Y tú? ¿Qué has hecho tú?

Balbuceaba como si las preguntas se le agolparan en la boca y no pudiera desligarlas las unas de las otras.

—He viajado por el mar —exclamó Patricio.

En realidad todos los salmones hacían lo mismo antes de recobrar las aguas dulces.

Pero a él le parecía que su historia era exclusiva, que ningún pez había deambulado tanto como él.

—Ha sido un vagar muy duro, pero gratificante.

—Es hermoso viajar —contestó ella.

Y luego, como si pensara en voz alta, añadió:

—Has cambiado mucho.

También Potámide había cambiado. Parecía imposible que su bello cuerpo de esguín hubiera alcanzado unas proporciones tan perfectas al madurar.

A pesar de todo Patricio jamás la hubiera confundido con otra hembra.

—Temí que hubieras muerto —le confesó él algo avergonzado—. No debiste bajar al mar en solitario. Fue una temeridad.

Debía decírselo para que no creyera que su huida le había dejado indiferente.

—Sufrí mucho cuando me lo comunicaron.

—También yo sufrí. Lo pasé mal, pero sigo viviendo.

Lo dijo con cierta amargura, como si le echara en cara los peligros que se había visto

153

obligada a sortear o como si aquel "seguir viva" fuera una carga para ella.

—Me alegra haber dado contigo nuevamente.

Fue una confesión espontánea; algo que debía de salir de su subconsciente. De pronto tuvo la impresión de que su regreso al lugar de la ría no tenía otro motivo que el de encontrarse de nuevo con ella.

—Quizás he venido aquí para buscarte. En realidad nunca creí que hubieras muerto.

Y comprendió que no mentía; que a pesar de sus muestras de escepticismo, no había podido olvidarla.

—Tampoco yo te he olvidado a ti —confesó ella con voz entrecortada.

Era agradable escuchar aquello. Era como si los dos años de mar no hubieran transcurrido y ellos siguieran proyectando futuros allá en lo alto del río.

—Debí suponer que vendrías —añadió Potámide.

Fueron unos instantes gloriosos, como si la multitud de peces que los rodeaban se hubieran esfumado repentinamente.

Estar solos otra vez. Unidos. Desligados de todo cuanto no fuera compatible con su propia felicidad.

—¿Lo dudabas?

—Temí que los viajes por el mar te hubieran desligado definitivamente de mí.

Dos años. Dos años interminables recorriendo paisajes nuevos y descubriendo mundos imprevistos. ¿Dónde quedaban ya sus experiencias marinas? Nada podía compararse con la emoción de tener a Potámide a su lado otra vez.

—Hay recuerdos que nunca pueden borrarse —le dijo él.

Y le habló de la nostalgia que le había obligado a regresar a la desembocadura.

—El río te estaba llamando.

No se atrevió a desengañarla. Se lo impidió la confianza que ella le demostraba y la súbita alegría que desprendían sus ojos.

También su belleza. Era una belleza exultante, como extraída de un jardín marino.

—A pesar de todo, siempre esperé que volvieras —recabó ella.

Tal vez por eso no había muerto; porque la obsesión de recuperarlo algún día le había

155

defendido contra todas las adversidades. No tuvo reparo en confesarlo:

—Probablemente ha sido la esperanza de volver a verte lo que me ha mantenido con vida.

Para ella vivir debía de ser eso: recuperar a Patricio; unirse a él para siempre.

—No se puede vivir sin esperanza —insistió.

Y como en los tiempos lejanos volvieron a hablar de la soledad, del aislamiento, de las sequedades horribles que suele producir la lejanía.

—Todavía estamos a tiempo de remediarlo —propuso él.

Eso debía de ser lo importante: recuperarse mutuamente, convertirse de nuevo en un solo pez.

—Sería absurdo volver a separarnos.

Nada iba a impedirles comenzar de nuevo.

—Como entonces.

—Como siempre.

21

CONTINUARON HABLANDO sin darse cuenta de que las horas pasaban. Había tanto que decir: emociones, chascos, ilusiones, sorpresas; todo cuanto habían experimentado salía de ellos de un modo fluido. Necesitaban comunicarlo; desmenuzar sus vidas, dejar, en el otro, la huella de las propias experiencias.

Ni siquiera percibieron que la manada de salmones aumentaba y que el tiempo de remontar el río se iba acercando.

Lo único que sabían era que volvían a estar juntos, y que la temida soledad que, a pesar de todo, los había atenazado cuando vagaban por el mar había sido zanjada.

Nada importaba que los salmones agrupados dieran muestras de impaciencia. El tiempo ya no contaba para Patricio y Potámide.

Pero la jornada había sido agotadora y los pintos enristrados se preparaban para abandonar el agua salada. De pronto Patricio tomó conciencia de la realidad.

—Deberíamos marcharnos.

—¿Por qué?

—Quedarse aquí es peligroso. Podríamos ser arrastrados por la manada.

Potámide no lo entendía.

—¿Eso qué importa? También nosotros vamos a remontar el río.

Lo dijo convencida: ni por un momento había supuesto que Patricio no pensaba acompañarla.

—Imaginé que te quedarías conmigo —le contestó él impaciente.

Ella lo miró asustada. Era como si bruscamente todos sus sueños de felicidad se derrumbaran.

—¿Quedarme en el mar? ¿Para qué?

—Para convertirnos en dos peces poderosos.

Fue como escuchar un estallido; todo en torno a ella pareció temblar.

—No pretenderás que renuncie a la danza.

Otra vez la maldita danza. Otra vez la absurda promesa de una felicidad que sólo conducía a la muerte.

—¿No lo comprendes? Lo importante es estar juntos.

—¿Y olvidarnos de nuestros deberes?

—Es la única forma de convertirnos en dos peces inmortales.

Lo decía convencido, la terquedad de su propósito arrollándolo todo.

—Yo no busco la inmortalidad —contestó ella.

—Entonces, ¿qué es lo que pretendes?

—Vivir.

Vivir. ¿A qué le llamaba ella vivir? ¿Cómo se podía vivir cuando se corría tras la muerte?

—No olvides que los salmones que abandonan el mar demasiado pronto ya nunca regresan a él.

—Y los que se quedan desconocen la verdad de la vida. ¿Qué importa alcanzar la inmortalidad, si se pierde el derecho a la danza?

Lo decía convencida, como si para ella

quedarse en el mar constituyera una ver-
güenza.

Decididamente Potámide estaba equivo-
cada. Era necesario sacarla de su error, des-
pertarla de su modorra, hacerle ver la ende-
blez de sus argumentos.

—Podrías llegar a ser un salmón poderoso.

—El poder. ¿Qué importa el poder?
Nadie está más solo que aquel que viola
su destino.

—También los destinos pueden cam-
biarse.

—Pero yo no quiero cambiar el mío.

Era imposible convencerla. Potámide
siempre había sido un pez terco y volunta-
rioso; un salmón aferrado a unos principios
demasiado rígidos, sobrecargados de tos-
quedad.

—Ni siquiera por ti lo cambiaría.

Lo dijo muy bajito como si pretendiera
que Patricio no la oyera.

Pero Patricio la oyó. Fue como un cata-
clismo repentino: algo tan horrible como
volver a escuchar el griterío de los peces y
contemplar el espectáculo de su entusiasmo.

160

—Adiós, Patricio.

Se iba. Nada podía evitarlo. Potámide ya no era ella. Era un pinto más saturado de instinto y de fogosidad.

—Debo seguir mi camino.

Y comenzó a abrirse paso entre los peces de la manada. Se dirigían hacia la ría; sin freno, abriendo el agua con el ímpetu de sus cuerpos como si quisieran herirla.

No se atrevió a contestarle. Tal vez todavía esperase que Potámide se volviera atrás.

Pero Potámide siguió nadando fugitiva de sí misma, mezclándose al grueso de los peces y desapareciendo poco a poco entre coletazos.

Y Patricio se quedó allí, el alma paralizada, el dolor de la separación atravesando su espina.

22

FUE DURO VERLA marchar. Era como si el océano entero se hubiera quedado desierto. Hasta los peces marinos, aquellos con los que durante tanto tiempo había compartido problemas, luchas y satisfacciones, pululaban en torno a él como desasistidos de vida.

También los sonidos se apagaron. Ni siquiera el runruneo constante de las olas tenía ya vigor.

Por unos instantes pensó en correr tras ella, recobrarla, olvidarse de Trueno y cumplir su destino. Fue un breve chispazo que estuvo a punto de cambiar sus planes.

Pero Potámide ya no estaba en el mar. Una ola gigante había arrastrado a la manada hacia el interior de la ría.

Y Patricio continuó estático, contem-

plando cómo las olas del agua se desploma-
ban iracundas contra los pedernales.

Así era la guerra de la desembocadura:
un constante debatir de furias mal conteni-
das; un continuo arrastrar guijarros de un
lugar a otro.

De pronto la espuma: inmensos surtido-
res de blancuras amorfas que se disparaban
cielo arriba, para caer en seguida, débiles y
dañadas, sobre la superficie.

No había alternativa; debía renunciar a
seguirla. Lo esencial era volver atrás, buscar
a Trueno, refugiarse en él y sacudir para
siempre el recuerdo de Potámide. "Ella lo ha
querido."

La tarde declinaba, pero el cielo no podía
verse azul por culpa de una nube densa que
cubría la zona. Lo único que podía atisbar
con claridad era un árbol retorcido que se
volcaba medio muerto, allá en la orilla, sobre
el revoltijo del agua.

Después todo quedó en una torva de
renuncias y en un nadar descorazonado
hacia el arrecife.

* * *

Fue un regreso triste. Era como si el mar se hubiera vuelto insípido, como si únicamente allá en la ría tuviese vida.

Era un mar extraño como desposeído de sentido. En cualquier caso ya no era posible rectificar. Potámide se había ido y él ya nunca volvería a verla.

Era necesario agarrarse al presente; buscar a Trueno, unirse a él, escuchar sus consejos. Y, sobre todo, olvidarse de la danza.

23

A VECES EL MAR se cansaba. Era un cansancio profundo como extraído de los embates de las olas y de los rugidos que emitían los peces furiosos. Pero aquella tarde el cansancio del mar era distinto. Parecía un desmayo, un languidecer agónico.

Era extraño nadar camino del arrecife en aquel mar súbitamente vacío de salmones. No acababa de asimilar aquel fenómeno. De pronto el significado de las cosas parecía a veces transparente. Otras, en cambio, se volvían opacas como la niebla que se posaba sobre la ría. Llegar al arrecife. Descansar. Recobrar la confianza. Escuchar a Trueno. Eso era lo que necesitaba.

Y transformar el mar. Convertirlo de nuevo en el lugar codiciado de sus épocas de bical.

Sin embargo, a medida que se acercaba a la ciudad coralina, parecía como si el mar fuera languideciendo más y más.

No llegaba a comprender lo que estaba ocurriendo. Sólo sabía que el agua, allá en el arrecife, ya no era azul tal como él la había dejado. Parecía como si una nube rojiza invadiera los corales, o como si un fuego inmenso los incendiara.

Tuvo miedo. No sabía de qué. A veces los miedos surgían de improviso, sin una razón concreta.

Pronto comprendió que allá, entre los corales, algo terrible y desusado estaba alterando su placidez.

En seguida distinguió a Raro dirigiéndose a él. Iba nervioso, el resuello agitado, la mirada aturdida:

—Algo espantoso está ocurriendo en el arrecife —le dijo.

Distinguió en seguida la manada de salmones que se había agrupado allí. Eran como él, peces consecuentes que se habían negado a remontar el río.

Raro no tardó en darle la noticia:

—Trueno ha sido herido.

* * *

Era lo mismo que si hubieran herido a todos los salmones.

Ninguna hecatombe podía ser más dolorosa.

—¿Cómo ha ocurrido?

Le resultaba difícil entender aquello. Pero Raro insistía:

—El hombre le ha clavado un arpón.

El hombre era así: imprevisible. Incluso en los arrecifes podía matar.

—Pero Trueno no puede morir —exclamó Patricio.

Era lo que siempre se había dicho. Trueno era inmortal. Todos los peces lo sabían.

Sin embargo Raro seguía insistiendo:

—Esta vez es distinto.

El arpón se había clavado en su cuerpo y ningún pez podía ayudarle a desprenderse de él.

—A pesar de todo Trueno no ha sido vencido —dijo Raro.

La amarra del arpón se había roto y el

hombre se había marchado en su flotador, sin poder arrastrarlo.

Era un consuelo saber que Trueno, a pesar de todo, no había caído en las garras del hombre. Era una forma de corroborar su potencia:

—Nadie puede vencer a Trueno.

Pero la mancha roja se extendía, inmensa, aletargada, burbujeando dibujos ondulantes.

Y al acercarse Patricio comprobó que el agua adquiría un extraño sabor entre dulzón y amargo.

No se quejaba. Únicamente pedía que lo liberasen.

Pero por mucho que los peces se afanaran para arrancarle el arma, ninguno de ellos podía conseguirlo.

Cuanto más mordisqueaban el artefacto, más se le abría la herida.

—Dejadme.

Fue una orden tajante que ningún pinto se atrevió a desobedecer.

De pronto lo vieron nadar, basculante, indeciso.

Era un nadar patético, completamente

distinto del que siempre lo había caracte-
rizado.

Se iba hacia la desembocadura, tenaz,
como si llegar hasta allí fuera lo único
que importara.

—No sigas —le aconsejaron—. Estás per-
diendo mucha sangre.

Pero Trueno no parecía oírlos. Y continuó nadando camino del agua dulce, dejando tras él una enorme estela roja.

—Vas a quedarte en el camino.

No había nada que hacer. Trueno se
empeñaba en alcanzar la ría.

—Cuanto más te muevas, antes morirás.

—También la inmovilidad mata —contestó él furioso.

Y continuó avanzando, como si el arpón
no le estorbara, como si su liberación depen-
diera de las olas de la desembocadura.

Poco a poco los peces que le rodeaban
comenzaron a dispersarse; no querían ser
testigos del final de Trueno. Era como si
verlo morir constituyese un agravio para sus
propias vidas.

Sólo Patricio se atrevió a seguirle. No le

importó que la sangre derramada pudiera contaminarlo, ni que el sabor del agua le produjera náuseas.

Por encima de todo necesitaba acercarse a él, hablarle, preguntarle la razón de aquella obstinación absurda.

Trueno nunca había sido un pez insensato; siempre había obrado con la mayor cordura. ¿Por qué repentinamente se empeñaba en obrar como un pez loco?

24

SE LO PREGUNTÓ mientras nadaba junto a él sorteando el impulso de la sangre que le manaba de la herida y venciendo el asco que percibía cada vez que su barbilla se llenaba de impurezas.

Pero la respuesta de Trueno fue desconcertante.

—Nunca fui tan cuerdo como ahora.

Lo dijo con firmeza; como si llevara mucho tiempo meditando aquella afirmación.

—Entonces, ¿por qué te empeñas en acercarte a la ría?

Trueno tardó en contestar. Parecía como si el miedo a sincerarse le impidiera hacerlo.

—Quiero remontar el río.

Remontar el río, sortear todos los obstáculos, vencer el impulso del agua. ¿Se daba cuenta Trueno de lo que estaba diciendo?

—No podrás —le contestó Patricio—. Es imposible pretender remontarlo en tus condiciones.

—Al menos lo habré intentado.

Causaba horror verlo tan equivocado, tan lejos de la realidad. Además, ¿qué podía importarle remontar el río en época de desove, cuando podía hacerlo en cualquier época del año?

—Quiero ser un salmón libre —contestó él—. Quiero hacer lo que hacen todos.

Era difícil comprender aquello. Trueno siempre había censurado aquella forma de actuar. ¿Por qué, de repente, había cambiado de idea?

—Tú nunca dejaste de ser un salmón libre. ¿A qué viene ahora hablar de libertad?

—Te equivocas, Patricio. Yo nunca he sabido lo que significa ser un pez realmente independiente.

Era lo mismo que si le dijera que nunca había crecido, que su tamaño era tan

174

corriente como el de un pinto cualquiera.

—Representar un papel no es vivirlo —continuó diciendo Trueno—. Y eso es lo que yo he hecho: representar un papel, engañar, volcar sobre los otros salmones mi propio fracaso.

Le habló entonces de la danza, de lo mucho que siempre había envidiado a los pintos que periódicamente remontaban el río para aparearse.

—Siempre alegué que si no los acompañaba era para no estorbar el desove. Pero no era cierto. Si me quedaba en el mar cuando todos escalaban el río era para no caer en la tentación de ser uno más entre ellos.

—Pero ¿por qué?

Le atormentaba desconocer el porqué de aquella extraña anomalía. Verlo burbujear en el agua como si jamás pudiera convertirse en un elemento sólido.

—A veces uno se esclaviza a su propia imagen.

Eso era lo que Trueno había hecho; aferrarse a su imagen de salmón fuerte y poderoso.

Nada, al parecer, le había importado

tanto como asombrar a los demás. Justificar de algún modo su fuerza. Alucinar a todos con su conducta. Sentirse envidiado.

—Sin embargo también yo los envidiaba a ellos —confesó.

Pero había mentido; por orgullo; por el simple placer de dominar a la masa.

Fue una revelación estallante. Algo tan dañino para Patricio como el arpón que atravesaba el cuerpo de Trueno.

De nuevo volvió a pensar que Trueno desvariaba. Necesitaba creer aquello para mantenerse estable. Pero Trueno no se retractaba.

—Nunca un salmón se ha sentido tan solo como me he sentido yo.

Lo decía sin reparo, achicado, casi desvalido.

—¿Sabes, Patricio? No hay carga más pesada que la del poder.

Fue como si un velo se descorriera. De pronto Patricio lo supo todo sobre Trueno. En realidad sólo era un pobre pez. Un pez desorientado que quería a toda costa recobrar su equilibrio; ser como los otros peces, cumplir el destino de los demás.

Por eso quería remontar el río. Para recuperar el tiempo perdido, para morir como lo hacían todos; gozando de la danza, de aquello que jamás había tenido la ocasión de experimentar.

—Demasiado tarde —le dijo Patricio—. Ya nunca podrás conseguirlo.

Se lo dijo con rabia. No le perdonaba que hubiera mentido tanto.

—Debiste pensarlo antes.

Pero Trueno insistía:

—Tal vez no esté todo perdido.

Necesitaba creerlo para no perder la esperanza. No parecía darse cuenta de que se moría; que pronto, muy pronto, la noche eterna iba a empezar para él.

Por eso avanzaba, sin descanso, sin permitirse un respiro.

—La voluntad lo puede todo.

Ni siquiera se daba cuenta de que sus palabras iban naufragando en el denso líquido de su propia sangre.

25

A PESAR DE TODO consiguió llegar hasta el lugar donde las olas del mar batallaban contra las olas de la ría.

Fue una erosión violenta que durante unos segundos mantuvo en vilo a los dos peces.

Era como si no pudieran avanzar, como si el agua, furiosa, barriera sus cuerpos de nuevo mar adentro.

Lo peor era que el cielo se encapotaba cada vez más y el agua se teñía de un azul oscuro. Hasta la espuma parecía negra.

Fue entonces cuando la herida de Trueno sufrió un gran desgarro: parecía una boca jadeante echando gargajos rojizos.

—Vuelve atrás, Trueno: no podrás soportarlo.

Pero Trueno no pareció arredrarse.

—Debo seguir.

Daba horror contemplarlo. Era como una esponja gigante que exprimiera despojos.

Un espectáculo vergonzoso que Patricio no quería contemplar.

—Debiste seguir mintiendo hasta el último instante —le reprochó.

No podía perdonarle aquel arrepentimiento de última hora. Había situaciones que debían mantenerse hasta el final; lo contrario era burlarse del tiempo y echar abajo todo un engranaje de ilusiones.

—No tenías derecho a engañarnos de ese modo.

Pero Trueno no le escuchaba.

—Adelante, Patricio: no podemos perdernos en disquisiciones.

Lo decía con voz débil, como si jamás hubiera llenado el río de resonancias atronadoras.

Costaba asimilar aquello. Era tan difícil como aceptar su derrota.

—No lo olvides, Patricio: Potámide te espera.

Potámide otra vez; su triste mirada, su trágica despedida: "Nadie está más solo que aquel que viola su destino." Después, el adiós. La seguridad de que ya nunca volverían a verse.

—Pronto alcanzaremos el río.

Podían verlo allí, a escasos metros de donde se hallaban; sus transparentes aguas fluyendo rápidas hacia el tumulto de la ría.

—Adelante, Patricio: no te detengas —volvió a decirle.

Pero él ya no pudo avanzar. Por más que lo intentaba sus impulsos ya no le obedecían.

—Ha llegado el fin.

Sus coletazos se volvieron súbitamente mecánicos, desprovistos de reflejos, y su cuerpo, ladeado, en vano procuraba hallar el rumbo que había perdido.

Nada en Trueno respondía ya a una dinámica razonada: eran sólo torpes reflejos de un ser que se moría.

Las olas comenzaron a jugar con él y su cuerpo, zarandeado, iba de un lado a otro como si ya fuera un pez inerte, como si durante años y años no hubiera sido el salmón más poderoso del río.

No duró mucho. Era imposible durar en aquel entramado de brumas y golpetazos.

De repente cayó hacia el fondo, su carne desgarrada, el arpón desplazado y su compostura totalmente desvirtuada.

Parecía un flotador naufragado; una de aquellas ruinas que el hombre se empeñaba en descomponer cuando bajaba hacia los entresijos del mar disfrazado de pez.

Fue una sensación extraña; igual que si el río entero se estremeciera. Algo se estaba haciendo añicos allá en la desembocadura; algo que a pesar de ser sagrado, ya nunca se podría reconstruir.

Y Trueno se quedó allí a merced de las olas, sus restos despiadadamente arañados por las piedras del cauce; su leyenda de pez inmortal convertida en un mito.

26

PATRICIO NO PODÍA creer lo que estaba viendo.

Era difícil comprender que Trueno ya no era más que un recuerdo.

Parecía como si, repentinamente, el río se hubiera secado, como si nada, ni siquiera los inmensos pedruscos que delimitaban los horcajos, existiera.

De pronto reaccionó. Recordó lo que Trueno le había dicho: "Aléjate, Patricio: corre hacia el río." Se lo había impuesto con tanto vigor como antaño le había inculcado su filosofía del poder.

Súbitamente evocó a Potámide. La vio de nuevo coleteando de prisa para no perder la expedición que se alejaba hacia la ría. Y comprendió que Potámide tenía razón.

Siempre la había tenido: el orgullo de un salmón no debía basarse solamente en su prepotencia. Existía el esfuerzo, la intrepidez, la necesidad de cumplir un destino.

Y danzar. Ser algo más que un vulgar emigrante tratando de enriquecerse para impresionar a la manada. Sin duda había cosas mucho más importantes en la vida de un salmón: el sentimiento, los derechos, las ilusiones, la esperanza. En realidad debía ser eso lo que se precisaba para sentirse completo.

Ya no dudaba. Era imposible dudar después de haber presenciado la derrota de Trueno; nunca el orgullo debía basarse en el egoísmo. Era preciso ascender; alejarse de allí cuanto antes.

Pero la manada llevaba muchas horas de ventaja; si quería alcanzarla no podía perder el tiempo: "Obedece tus impulsos", eso era lo que Trueno le había dicho. Los impulsos de un salmón normal que no se dejaba amedrentar por el esfuerzo.

Y los obedeció.

Inmediatamente abandonó el oleaje de la ría para meterse de lleno en el río. No fue difícil; su propio entusiasmo le obligaba a mantenerse estable.

Trueno quedó atrás: su arrepentimiento de última hora maltrecho, sus sueños de poder estrangulados y su gran mentira aflorando en la superficie como un gran desvarío rojo.

Lo mejor era olvidar a Trueno.

* * *

Por fin el agua dulce; fría, purificada. Nada importaba ya que, en aquellos momentos, se percibiera la presión de una nube baja. Para Patricio era como si todo el río se viera bajo los influjos del sol: "Adelante, Patricio." Había que darse prisa, desafiar la fuerza de la corriente, subir, subir.

Tenía la certeza de que Potámide lo estaba esperando. Lo único que debía hacer él era ganar el tiempo perdido, achicar distancias, avanzar.

Pronto la nube que cubría el río se deshizo en lluvia. Era un gotear sereno que a duras penas alteraba el agua.

Y el cielo se despejaba, clareando los fondos y alargando el día. Era lo que se precisaba para seguir nadando.

Entonces pensó que al llegar la noche los peces de la gran manada se verían obligados a descansar hasta que la luz volviera. Pero él continuaría avanzando aunque fuera a ciegas.

Lo esencial era que Potámide lo esperase; que no lo abandonara por otro pez.

* * *

A pesar de todo Patricio tuvo buen cuidado de dosificar sus esfuerzos. El trecho que le aguardaba era muy largo y no podía permitirse el lujo de cometer excesos.

Además aún faltaba enfrentarse con los grandes desniveles, los golpeaderos y los clamores que la lluvia estaba provocando.

Cierto: a veces sus branquias jadeaban, pero los cambios de temperatura contribuían a normalizarlas. Todo podía superarse al amparo del deseo y la voluntad. El propio

186

Trueno lo había dicho: "La voluntad lo puede todo."

Y siguió nadando, tenaz, ansioso de volver a ver a Potámide; tenerla junto a él, contemplar su esbelto cuerpo fusiforme y maduro; hablarle de nuevo sobre la verdad de la vida; aquella verdad que ella jamás había adulterado.

* * *

En ocasiones el declive del cauce se amortiguaba. Entonces nadar resultaba fácil. Era como si el agua del río fluyera sin corriente, como si todo fuera inofensivo.

Y las energías volvían. Y la respiración se normalizaba.

* * *

Llevaba toda la noche nadando cuando al llegar al recodo que conducía a una cancha, escuchó el vibrante murmullo de una excitada muchedumbre.

Entonces supo que la manada ya estaba muy cerca: "Debo darme prisa."

Y redobló sus esfuerzos para alcanzar cuanto antes la comitiva.

En efecto: los salmones estaban allí, apiñados, inquietos; las fuerzas recuperadas por el descanso nocturno.

En seguida distinguió a Potámide.

—Por fin.

No hubo explicaciones. No hacían falta.

—Te esperaba —dijo ella.

Y rompieron a nadar muy juntos camino del remanso.

* * *

Luego hubo la lucha contra los imponderables del río: los torrentes, las cascadas, los golpeaderos; el agua furiosa que se abalanzaba brutalmente contra ellos.

Y el dolor; un dolor agudo. Sobre todo cuando el chorro los lanzaba contra la orilla. Era un dolor tan insoportable que a veces incluso llegaban a perder la noción de lo que estaban haciendo.

Pero en seguida se reponían.

—Adelante, Patricio.

De nuevo otro desnivel. Brusco, tala-drante.

—Inténtalo, Potámide.

Todo era una cuestión de confianza en uno mismo. Apoyarse firmemente en la cola, darse un impulso vigoroso, atravesar la región seca como si fueran peces voladores y dejarse caer nuevamente en el agua, más allá del obstáculo.

—No lo olvides, Potámide: yo estoy a tu lado.

Era preciso insistir; redoblar los esfuer-zos. Convencerse de que el fracaso era sólo abandonar la lucha.

Y llegar a la meta.

Y vivir.

Sobre todo, vivir. Sin tiempo. El tiempo podía ser también una medida engañosa.

* * *

Por fin una mañana deslumbrante y al apoyo de aquella esperanza y de aquel discu-rrir sin tiempo, Patricio y Potámide consi-

189

guieron llegar al remanso de su infancia.

Lo demás fue un breve y ancho camino sin obstáculos hacia la apoteosis de sus vidas.

Julio de 1983-junio de 1985.

OBRAS DE LA AUTORA:

Primera mañana, última mañana (1955) (tres ediciones).

Carretera intermedia (1956) (tres ediciones).

Más allá de los raíles (1957) (dos ediciones).

Adam Helicóptero (1957).

Una mujer llega al pueblo (Premio Ciudad de Barcelona, 1956) (siete ediciones).

Pasos conocidos (1957).

Vendimia interrumpida (1960) (cuatro ediciones).

La estación de las hojas amarillas (1963) (siete ediciones).

El declive y la cuesta (1966) (dos ediciones).

La última aventura (1967) (tres ediciones).

El gran libro de la decoración (1969) (siete ediciones).

Adagio confidencial (1973) (nueve ediciones).

La gangrena (Premio Planeta 1975) (veintiséis ediciones).

Viaje a Sodoma (1977) (cuatro ediciones).

El proyecto (1978).

La presencia (1979) (nueve ediciones).

Derribos (1981) (tres ediciones).

La sinfonía de las moscas (1982) (cuatro ediciones).

Feliz Navidad, señor Ballesteros (Premio Hucha de Oro 1983).

El volumen de la ausencia (Premio Ateneo de Sevilla 1983) (tres ediciones).

Sea breve, por favor (Premio Sara Navarro 1983).

OBRAS DEL AUTOR